夜不語

秘檔案112

Dark Fantasy File

金娃娃

夜不語 著

Kanariya 繪

CONTENTS

自序

最近成都的空氣很好，沒有霧霾，新冠病毒的疫情也得到了控制。

不過三個月前，我卻彷彿生活在地獄中一般。現在想來，都還覺得有些不可思議。原來世界末日，距離自己居然那麼近。

昨天成都無新增病例，昨天我家的餃子在睽違四個月後，終於能回到小學課堂了。

今年的春暖花開還沒見到，一出門就進入隆夏。

今天成都的溫度，高達三十八度。

奇怪了，我恍惚覺得，關掉暖氣的那一天，也不過才三月而已。冬天和夏天的界線，越來越曖昧不明。

春天這種東西，毫無存在感。

因為疫情的影響，我胖了好幾公斤。最近正在瘋狂鍛鍊減肥中。雖然感覺前段時間像是世界末日，雖然股票虧成了狗，雖然很擔心去上學的自家氪金噬金獸。

但有一件事還是值得高興的，居家隔離不出門的三個多月，我把心臟不舒服的問題，基本上養好了。

心臟不會再莫名其妙的心悸、難受。

這樣一想，對我而言，也未嘗不是一件好事。

當然，難受的事情還是有許多。我許多朋友失去工作，又或者保住工作的，卻薪水大減，被迫賣房還債……等等等等，悲劇每天都在朋友圈中輪流上演。

時代的一粒灰塵，落在每個人頭上，都是一座承受不起的大山。

我終究還是個凡人，不太想承受那一粒灰塵。於是我最近開始過起極簡的生活……例如減少消費。

又例如租一塊地，種些樹木花草、蔬菜水果，每天戴著口罩去鬆鬆土澆澆水，準備實現蔬菜水果的自給自足。

其實生活，簡簡單單的，挺好。

扯遠了。

不知道疫情最終什麼時候會結束，或許看到這本書時，大家已經可以開開心心地和朋友聊天，去學校洗禮青春，去血拼唱K了吧。

希望，如此。

聊聊這本書吧。

《金娃娃》是《夜不語詭秘檔案》系列的第十二本，也是我二〇〇五年初次出版的書籍，再次製作成為經典版，老夜我實在感慨萬千。

《金娃娃》中的故事，這次照例和第一版時有了些許的微調修改。

希望大家能夠喜歡。
囉囉嗦嗦了那麼多，總歸還想說一句話。
健康最重要，大家都要好好鍛鍊身體哦。
愛你們。

夜不語

金娃娃是什麼，至今我仍舊一無所知。因為知道的人，已經全消失在歷史的塵埃中。在當地的傳說裡，金娃娃是河神，所以一直以來養馬河中人都日復一日年復一年地祭祀著。也有人說金娃娃其實是前人存下的寶藏，得到金娃娃，就會富甲天下。

無論如何，真相已經不得而知。我只能從歷史裡將其還原出一個不太真實的影子，講述著一個我親身經歷的，卻自己都覺得不太真實的故事。

一切的一切，恐怕都要從自己五歲那年，說起吧……

楔子之一

石頭，一層一層地被堆疊起來。一條寬敞的大河旁坐滿了無數的小孩子，我也是其中的一個。

不知道為什麼，我坐在河邊，不斷地將身前的石頭一層又一層地疊起來，可是每次堆到第五層，石堆就會莫名其妙地垮掉。

身旁的孩子也在堆著石頭，橢圓形的鵝卵石被他們整整齊齊地排列著，有的人堆到了十三層，而有的人只堆了兩層就垮掉了。

我用迷惑的大眼睛打量四周，那些孩子我一個也不認識。為什麼自己會和他們在一起？為什麼自己一定要在這裡堆石頭？

我用力地甩著小腦袋，雖然自己才五歲，但是大人們都說我機靈，想這麼簡單的問題，應該是難不倒我這個天才才對吧！可是自己，卻什麼都記不起來了。

自己究竟是從什麼時候起，就開始在這裡堆砌石頭？究竟堆了多少次？究竟成功過沒有？似乎已經過了很久了，爸爸和媽媽，為什麼還不來接自己？

為什麼其他小朋友穿著打扮那麼奇怪？有些人似乎穿得破破爛爛的，還有一些人的衣服，只有在電視的古裝片裡才見過。

這一切的一切，完全都理不出任何的答案。

不堆了！我氣鼓鼓地嘟著嘴巴，決定自己讓自己下班放個長假，但是雙手，卻絲毫沒有因為大腦下達的命令而停止。

左手將順手抓起的石頭遞給右手，右手又一層一層地將石頭疊起來，如同不知疲倦的機器手臂。不但如此，自己居然不會餓，甚至沒有手接觸到石頭的感覺。

五感中，似乎只剩下了視覺。身旁的大河，奔騰地快速流過，自己聽不到。河邊特有的淡淡腐臭以及泥土的氣味，自己也無法嗅出來。

自己，究竟是怎麼了？

石頭再次疊了上去，疊到了第五層。果不其然，當最後一顆石頭疊上去時，整個石堆在剎那間崩塌。

「嘻嘻。」

突然聽到背後有個銀鈴般的笑聲，很悅耳。猛地轉過頭，這才發現身後不知何時走過來一個小女孩，一個很漂亮的小女孩。大概和我一般的大小，大大的眼睛，穿著白色的短裙，臉龐白皙沒有血色，長長的黑髮在河風中一蕩一蕩的，卻不會被吹得很散亂。

她正笑著，眨巴著長長的睫毛，細聲細氣地說道：「你這樣堆，是永遠都堆不好的！」

「難道妳就知道該怎麼堆？」我沒好氣地瞪了她一眼，絲毫沒有因為她是美女就有特殊待遇，畢竟那時候的我才五歲，還沒搞清楚什麼叫做長遠投資。

「人家當然知道。」女孩子狡猾地說：「如果你陪人家玩，人家就教你。」

「不要。」我嘟著嘴巴，毫不猶豫地拒絕。

「為什麼？」女孩急了起來。

「爸爸不准我和陌生人一起玩。」我指了指周圍，「附近有那麼多人，妳隨便挑一個當我的替死鬼好了。」

「我已經試很久了，但他們好像都聽不到我的聲音。」女孩沮喪地搖著頭，「很久了，也只有你能和我說話。」

我撓著小腦袋，「妳在這裡有多久了？」

「不知道，有很多年了……吧。」女孩的臉上劃過一絲迷惑，彷彿時間長得就連自己也忘掉了的樣子。

「妳的爸爸媽媽呢？」

「不知道。」

「那這裡是哪裡？妳為什麼會到這裡來？」我問出了一直以來最關心的話。

女孩這次卻回答得很流暢，「我不清楚。不過，你又為什麼到了這裡呢？」

我苦笑起來：「不知道。」

說完，我倆望著對方，開心地大笑了起來。

「我叫穆紅思，以後叫我紅思就好了。」好不容易笑完，女孩大方地伸出手來。

我遲疑了一下，將右手遞了過去，「我叫夜不語，以後叫我夜哥哥好了。」

「不害臊，明明你比人家小的。」紅思圓圓的臉上再次綻放開笑容，「以後我就叫你小夜得了。」

我心不甘情不願地哼了一聲，算是默許了。

女孩偏過頭去做出可愛的沉思狀，然後猛地一拍手道：「對了，小夜，我們現在已經知道對方的名字了，對吧？」

「對啊。」我點點頭。

「那我們現在應該不算陌生人了？」

「理論上，應該是吧！」我為難地摸著鼻子。

「那我們就可以一起玩了。」她一把又拉住我的右手，完全忽略我的個人意願，用驚人的蠻力將我拉走了。

就這樣我開始和她一起玩耍。不管我要什麼，她似乎都有辦法變出來。

有一次我在河邊看到了蜻蜓，綠色的，無聲地從附近飛過。我好不容易抓到了一隻，呆呆地看著牠在自己的指縫間掙扎。那綠瑩瑩的眼睛如同寶石一般發亮，很美。

「喜歡嗎？」紅思坐在我身旁，微笑著問。

「嗯。」我點頭。

第二天，她遞給了我一個小小的布袋子，「送給你。」

我疑惑地打開一看，頓時嚇得將整個袋子都扔了出去。裡邊滿滿的，裝得全是蜻蜓的眼珠子。綠瑩瑩的，帶著憤恨的怨氣，直愣愣地從布袋望向自己。

時間就開始在這種莫名其妙的玩耍中度過。

我從來就沒有感覺過飢餓，也不會想上廁所。期間，自己也試圖和別的小朋友說話，可是除了紅思，真的沒人理會自己。就算將他們搖倒，他們也會像個不倒翁一般，爬起來繼續堆石頭。

我也常常問紅思，將石頭堆起來不會倒下去的方法。

紅思總是微笑地將話題岔開，有時候實在岔不開，就開始大哭，用感染力十分驚人的傷心語氣抽泣道：「小夜知道了一定會離開人家，到時候人家又要孤孤單單的一個人了！」

這時候，我就一定要學著大人的語氣賭咒發誓，說就算知道了，自己也一輩子都不會去用，絕對不會離開她。

她立刻搖頭表示不信，然後我就伸出右手小指要和她拉勾。

就這樣折騰了好幾次，最後，她終於在和我拉了十次勾後，忍不住將那個方法說了出來。

我暗暗地記在了心底，雖然不知道為什麼自己會那麼在意，但是，五歲的自己確實對一個同齡的可愛女孩，動用了五歲孩子本不該有的心機。

河床在視線裡延伸，似乎沒有盡頭，而對岸也是朦朧一片，什麼都看不清楚。

而這裡，似乎也完全沒有白天與黑夜的區別，只是每到一個特定的時間，紅思就會慵懶地伸個懶腰，說已經到晚上了，她要回去睡覺，然後便跑得不見了蹤影。我也就乾脆將那個時段定為了晚上。

當晚，我按照她教我的方法將石頭堆疊起來。

疊到了第五層，將最頂上的那塊石頭小心翼翼地放了上去，雖然聽不到也感覺不到心臟的跳動，但是，應該是很緊張吧！我死命地閉上眼睛，過了許久才緩慢地睜開。

石頭，果然沒有像從前那樣垮掉。

猛然，一道刺耳尖叫傳入耳膜裡。紅思不知什麼時候站到了我跟前，她絕麗的臉上帶著憤怒，也帶著一絲絲的驚恐、惆悵和痛苦。

「小夜，你說過不會用那個方法疊好石頭的。」

我臉色發紅，一時間不知道該怎麼回答。

「你騙人，騙子。」晶瑩的淚水從她明亮的大眼睛裡流了出來。

不知是不是錯覺，我感覺她的聲音在變淡，越來越淡……

「小夜，為什麼你一心想要離開我？我不會放你走的，總有一天你還會回來。」

紅思的身影也開始朦朧了起來。

「小夜，你這個騙子！你是我的，我對你那麼好，為什麼你還要走？為什麼你要丟下我？那麼多年的孤獨好不容易才有了一絲希望，為什麼你要走！」

她試圖抓住我的手臂，但是什麼都抓不到。我的視線裡，她的聲音和身影都在劇烈地變形。眼前猛地一黑，接著散發出刺眼的光芒。

光芒的另一頭，爸爸和媽媽焦急的臉龐緩緩露了出來……

楔子之二

在記憶的長河裡，曾經隱藏過一些事情。只是由於記憶實在過於深刻，反而不由自主地遺忘了。

金娃娃的事情也是如此。

記憶中，那也是我有生以來遇到的第一個怪異事件，那時候的我，只有五歲。

當時家裡很窮，父母為了躲債便帶著我到蜀地某個小鄉村住下。記得家附近有一條大河，叫做養馬河。河有十幾公尺寬，水流湍急，再加上河水裡含有大量的褐色沙土，乍看之下給人一種詭異的感覺。聽人說這河裡不明不白淹死過不少人。

在村裡閒逛時，也常常能聽到村裡孩童玩伴唱著當地民謠，其中有一段：「養馬河呀養馬河，你究竟要吞下多少條性命才會平靜？」

大人雖說不怕，但暗地裡都叮囑孩子少去河邊玩。一到晚上，也會刻意的繞河岸而行。但小孩的心性，又有幾個是肯乖乖聽話的？

我家裡的人很忙，也沒太多時間管我。於是我常和幾個不安分的朋友去玩。

終於，夏末的某一天出事了。那時正值農忙，夥伴們都提著小兜跟在割稻穗的父母後邊撿麥粒。我找不到人陪自己玩，便獨自去了河邊。

那裡一個人也沒有。清風不斷地拂過河岸的青草，一片安詳的景色。我躺在草地上曬太陽，並瞅著臉旁的一大群螞蟻吃力地將幾隻蒼蠅搬回洞裡去。這時，一道輕柔的聲音開始喚起我的名字。我立刻被它吸引住了，站起身來四處找尋這個聲音的來源。

「小夜，過來。」

「小夜，快過來……」

這若有若無的聲音好像媽媽的呼喚般親切，但它卻來自河裡。可能是初生之犢不怕虎吧，我非但不感到詭異，還大有興趣的一步一步向河裡走去。突然，一雙手拍在我肩上。

「喂，鼻涕蟲，今天你竟敢一個人來，夠膽！」

回頭一看，竟是小航。小航是我的鄰居家的孩子，比我大兩歲，是個很霸道的傢伙。昨天我們才因為爭奪河岸使用權而打了一架。我承認我是使用了一種不太公平的多數教訓少數的戰術。不過參與者都是平時被他欺負得很慘的弱小孩子——偶爾也該讓他們發洩發洩吧。

那場戰役的結果是小航在一群憤怒孩子的輕微體罰下哭起來。他一邊往家跑，一邊喊著要報復。剛才，可能是他看我一個人來河邊，就不懷好意的跟來了。

我被他一拍之下頓時清醒了很多。但下意識的首先想到，哎呀，褲子全都濕了，這次要被老媽打屁股了。畢竟我家裡的人也不允許我到養馬河邊玩，怕危險。一時竟也沒多想自己為什麼會走到了河水裡。

「昨天有膽打我，今天栽到我手裡了吧。哼，看我怎麼收拾你這個小娃子。」他見我不理睬他，便瞪了我一眼，恐嚇道：「把你推到河裡去游游泳倒也挺有趣的，喂，你願不願意呀？」

「這哪個願意的！」我滿臉害怕，心想這次慘了。但五歲時的自己，智力發育已經開始展露出異於常人的聰明。我不動聲色，滿是鬼點子的小腦袋在一瞬間不知轉了多少轉。突然心生一計，說：「別煩我，我正在找東西。你看到在那兒有個金色的亮點沒有？可能是寶藏喲！」

呵呵，這種移花接木的小把戲也只能用來對付孩子。大凡男孩子，不管品性如何都有種英雄情結，他們總愛幻想自己如何如何歷險，而且大多都是為了尋找寶藏。果然他上鉤了，湊過頭來好奇地問我：「在哪？」

我指著不遠處說：「就在那兒，你看不見？」

「啊！看到了！是個金娃娃，還是活的。天！它在向我招手！」他大叫起來。

我一愣，順著他的目光看去，水潺潺流動，河底一目了然，明明什麼都沒有嘛。不禁暗笑起他聽見風就是雨，想像力太過豐富了。

但他卻並不像在說假話，彷彿真看到了值錢的東西似的。小航順手抄起身旁的一根樹枝探入水裡，嘴裡兀自說道：「我把它撈上來。」

真是個瘋子！我一邊想，一邊準備趁他不注意時溜掉。只聽他又叫道：「哈，它咬住了！好傢伙，力氣還挺大！」

這時，怪事出現了，樹枝不斷地晃動著，似乎在另一端真的有什麼在拚命掙扎，帶得小航也搖起來。我揉揉眼睛，插入水裡的那一段樹枝上還是什麼也沒看到。

「我快要拉不住它了，鼻涕蟲快來幫幫我！」他被一步步往河裡拉，有隻腳已經踏入了水中。我稍一遲疑，便抱住他的身體向後用力。好傢伙，儘管自己使足全身的力氣也不能將他拉回分毫。

一分鐘過去，情況依然沒有改變。不同的只是漸漸被拉入河裡的人中多了一個我。眼看快乾的褲腳又被打濕了，我急道：「快！快把棍子扔掉！」

「我，我放不開手！」他用帶著哭腔的聲音喊道。

「這怎麼可能，你再不丟掉我可要放開你了！」我盤算著這是不是他用來整我的新方法。他卻恐懼地叫起來：「不！不要！」

這時，樹枝的另一端傳過來一股難以抵抗的巨大力量，拚命的往水裡鑽。我們大叫一聲，失去平衡，雙雙落到了河裡。

我昏了過去，感覺中自己似乎在不斷地往下沉。突然身子一輕，在無窮的黑暗中出現了一道亮光。我掙扎著向那道光芒游去。然後，我醒了。

眼前有一張張關切的臉，老爸不斷地在房裡踏著步子，而老媽正暗自啜著淚。眾人看我了過來，都大大地鬆了一口氣。

「二狗子呢？我家二狗子是不是和你在一起？」還沒等誰開口，一個中年婦女急切地問道。我艱難地看清她的模樣，是小航的老媽。

「他說有金娃娃，就拿樹枝去撈。我沒把他拉上來，就和他一起掉到了河裡……」我怯生生地說得不知所云，但也大體描述出了一個事實。

小航的老媽尖叫一聲，暈倒在地上。

第三天下午，在養馬河的下游找到了小航的屍體。

同時我也知道了自己是在中游被一名網魚的村人用漁網偶然網起來的。當天晚上，父母開了一個只有他們倆的家庭會議，最後決定為了我搬回城裡去。

這一走我便再也沒有回去過。也許是內心深藏的恐懼阻止著自己吧。我常常在想，那天為什麼死的是他而不是我。他口裡所說的金娃娃叫的明明是我的名字。或許那天死的原本應該是我才對，而他卻稀裡糊塗的做了我的替死鬼……

第一章 假活

有人說時間就是一條河流，在那條河流裡，記憶如同沙礫一般被流水衝擊、磨損，最後消逝得只剩那麼一點影蹤。

恐怕正是如此吧，至少我就不敢非常理直氣壯地大聲說，從小到大，所有的事我都記得一清二楚，甚至遠房老姐在三歲時，搶走的那顆蘋果。

畢竟五歲半以前的事情，我真的不記得了。而且一開始回憶就腦袋發痛，似乎大腦是有意地在隱藏這段記憶。

但是，該來的終究擋不住。或許命中注定我一定會再次回到那個地方，將五歲半以前的疑惑探出個結果吧。

記得這個故事的開始，正好是二月十四號，也就是所謂的情人節。

那天我起的不算早，洗漱完畢後，已經是下午兩點。讓傭人煮了一杯咖啡，隨便吃了幾口吐司，然後就無聊地出了門。

大街上完全沒有情人節的氣氛，滿街遊蕩的都是些影隻形單的單身遊魂，我承認自己也算一個，畢竟情人節，根本就不會屬於我。

至少我不是那種有心情以及有情調，乖乖等著女友送巧克力的雄性生物，何況，十八歲半的我，根本還沒有交女友的打算。

林子那麼大，何必要一棵樹上吊死呢？

這番話，引自於我一個單身友人的自我安慰。

和寒假的每一天一樣，我很鬱悶地度過了。晚上不太想回頗為冷清的家，便找了家西餐廳，隨便點了幾份菜，心不在焉地吃了起來。

突然覺得身後老有一道視線，在若有若無地打量自己。這種得到科學驗證的第六感，我還是極為信任的，於是我若無其事地回頭打量了一番。

這間西餐廳的人很少，燈光也不是很明亮，不過可以隱約看到隔著兩個桌位的地方，坐著一位年輕的女性。

雖然看不太清楚，但是根據臉部的線條，應該不可能醜到哪裡去。

感覺得到她的視線很有穿透力，在我回過頭的一瞬間，不但穿透了我，還穿透了和我直線距離足足有二十公尺的牆壁，不知道垂直投射到宇宙的哪個位置去了。

我笑了笑，搖搖頭繼續吃著面前的食物。

不久後，身後的那位美女終於忍不住走了過來。讓我驚訝的是，她的手裡居然拿著盤子、叉子和刀子。

面對一臉詫異的我，她坐了下來，臉上綻放出笑容，衝我問道：「帥哥，你的飯菜看起來很好吃，我可不可以吃一點？」

我抬頭向她看去，視線剛一接觸到她的臉龐，就愣住了足足零點九六秒。

這個美女我居然認識，是前段時間突如其來的轉校生，叫做趙韻含，似乎是個對古怪靈異事件很感興趣的美女。而她本身，也纏繞著一層又一層的神秘，讓我猜測不透，和我一起經歷了件十分古怪的事情後，又突然地轉學走人了（＊請參見《夜不語詭密檔案110：鬼抓痕》。

我不置可否，而這位美女也不客氣，絲毫沒有淑女形象地坐下，拉過我的盤子將大塊的牛排切下，分到自己的盤子裡。

她悶著腦袋吃得很歡快，其間還模糊不清地介紹著自己，最後遞來一張名片。上邊寫著：辰京大學大三民俗系趙韻含。

這傢伙，前段時間還是我的同班同學，什麼時候又變成大學生了，還就讀什麼民俗系，俗話說女人善變，但也沒見過這麼善變的女人，沒多久就連身分都變了。

她狂風般地將盤子裡的東西捲入肚子裡，頓時又淑女起來，很優雅地用紙巾將粉紅色的、稍微有些嘛起的可愛嘴唇擦拭乾淨，又衝我問道：「帥哥，可以借你的手機用一下嗎？」

我瞪了她一眼，默不作聲地將手機遞給她。趙韻含撥了一個號碼，不久，她身上傳出一陣悠揚的音樂。

她嘻嘻笑著，笑得很狡猾，將手機還給我，然後從自己的口袋裡掏出一隻電話在我眼前晃動。

「人家現在已經有你的電話號碼了，帥哥介不介意以後和人家多交流試試？說不定以後的情人節，就不用形單影隻的一個人蜷縮在某間黑暗的西餐廳裡，眼睛發出野獸般噬人的血紅目光，盯著四周成對的狗男女了！」

趙韻含的這番話聲音雖然不大，但也絕對不小，在安靜的餐廳裡，似乎附近有不少狗男女聽到了，以某種奇異的眼神向我望過來，臉皮厚如我，也稍稍地有一點點的變色。

我深呼吸，強忍著想要將桌子掀翻的衝動。

玉皇大帝，本來沒有情人的情人節，已經過得夠可憐了，為什麼還要讓我遇到這種討人生氣的生物！

「韻含，妳究竟在搞什麼鬼？」我的嗓音雖然很低沉，但發音清晰。

「沒什麼，沒有情人的情人節，我當然和世界上千千萬萬的單身遊魂一樣無聊，所以起床後就喝了杯咖啡，吃了幾口吐司，跑到大街上閒逛。」

「然後呢？」

「然後，我一個人跑到這間西餐廳吃晚飯。」

「再然後呢？」

「再然後，我猛然發覺自己出來的時候，根本就沒有帶錢包。」

「所以呢？」

「所以我就謊稱自己的男友還沒有來，讓服務生倒了一杯免費的檸檬水。然後一邊喝一邊想著解圍的方法。畢竟那麼走掉的話，實在太有損作為淑女的我的面子了，而且碰巧，我可憐的肚子也開始餓了！」

我冷哼了一聲：「我看不是在想解圍的方法，而是在找替死鬼吧。」

「換個說法也可以，總之我立刻就看到自己的白馬王子出現了。」

趙韻含的臉上絲毫沒有尷尬的神色，這個女人，就某種意義來說，恐怕比我想像的更不簡單。

「我可不是白馬王子，我是黃種人，白不起來。」我的聲音像是摻了水還沒有開始煮的米，又硬又冷。

趙韻含嘟著嘴巴，將尾音拖得長長的，「沒風度，你以前不是說要娶人家嗎？」

我聽得差點暈倒，這個久遠到發臭的玩笑她居然還記得，我大搖其頭，「那是以前。當時妳是我的同學，我還以為妳和我差不多大，誰知道妳居然用險惡的手段，隱藏了自己的真實年齡。

「哼哼，大三的姐姐是吧，應該有二十歲以上了吧。我夜不語死也不會娶比我大的老女人！」

「什麼老女人，說得太難聽了！」她的臉上終於蒙上了一層薄霜，「孤陋寡聞，難道你不知道這個世界上，有一種稱為『跳級』的途徑嗎？」

「妳也跳得太遠了，我又不是傻子，當然不信。」我故意偏過頭去。

她恨得用力盯著我，突然，又笑了，問道：「小夜，你聽過『金娃娃』的傳說嗎？」

「金娃娃？」我皺了皺眉頭，「妳是指養馬河那一地域的傳說？」

「沒錯，你果然知道。」趙韻含高興起來，「我是民俗系的，最近正準備寫一篇關於『金娃娃』這個迷信傳說的論文，所以想順便走一趟養馬河，看能不能收集到什麼有用的資料。阿夜，難道你一點都不好奇嗎？」

「完全不！」我雖然回答得很果決，但是行動上依然透露出些微的遲疑。

趙韻含像是很有把握，遞給了我一份資料，然後站了起來。走了幾步又回過身，輕聲道：「這些資料仔細看看，如果真的有興趣的話，就打電話給我。」

我麻木的用手握著資料，心潮不斷地起伏，不知為何一時間竟然頭腦空白，呆愣住了。

※　※　※

所謂「金娃娃」，是養馬河流域的古老傳說，具體流傳的時間已經長遠到不可考證，而版本也隨著時間的流逝越來越多。

但最具代表性的，歸納出來，也不過三種而已，因為自己所住的城市離養馬河的下游不過一百多公里，所以我也有所耳聞。

第一種流傳是，「金娃娃」是寶藏的暗號。

唐朝時，曾經有個富可敵國的商人因為財大勢大，最終被朝廷陷害。

那商人也不是個簡單角色，他敏銳地嗅到了家破人亡的味道，毅然將自己所有的財產暗中撥調到養馬河畔的某個地方，在那裡修建了一座龐大的地窖，自己也緊跟著攜妻帶子逃往那裡。可惜在半途被官府抓到，死在天牢中。

據說臨死前，他在一個頗為照顧自己的小獄卒手上寫了六個字：養馬河金娃娃。並告訴他，如果能解開這個謎，自己一生的財產就歸他了。

根據這個流言，一千多年來，無數的尋寶者將養馬河一百公里的流域搜索了無數次，可是卻什麼都沒有找到。據說，那筆寶藏至今都還靜悄悄地躺在養馬河的某個位置，等待有緣之人去將那扇腐舊的大門敞開。

但依我的判斷，這個傳說，恐怕是最沒有根據的一個。畢竟，傳說裡沒有提到具體朝代，人物的具體名字，也不知道究竟是不是真有其事。憑那六個模糊的關鍵字，根本就是空口說白話。

第二種流言說，「金娃娃」是一種水鬼。

養馬河畔有一種特有的風俗，叫做「射將軍箭」，是小兒拜乾爹的一種形式，又稱「找保保」。

當時因為缺醫少藥，小孩不易帶大，而且就住在河邊，常常有孩子在河畔被水淹死，父母認為小孩犯有「關煞」，需要尋求保人以擋住「金娃娃」，免得小孩子碰到水，就被水鬼拉去做替死鬼。

「射將軍箭」是在路旁橋頭或廟前，設香案擺酒菜，以柳枝為弓，紅繩為弦，遇上第一個過路人，不論富貴貧賤，即請飲酒，說明用意，然後射箭，認作小孩子的乾爹，還要求乾爹為孩子取一個含吉祥長命寓意的名字。

最後，贈送腰帶給乾爹，含意是拜託把孩子帶好，乾爹也有贈送錢物給孩子的。不過，此種乾爹多是過後不認，老死不相往來。

第三種傳說，「金娃娃」是養馬河畔的水神。

從千多年前直到民國時期，養馬河畔都有打醮的習俗。所謂的打醮，就是指從前遇到水災、旱災、火災時，都要請僧道作法，求水神「金娃娃」賜福禳災。

據說打醮的內容分為清醮、火醮、九皇醮等。打醮求雨一般在龍王廟舉行，所做法事除一般流程外，還要耍水龍，捉旱魃。

民國時擦耳岩打醮求雨，曾將狗打扮成人形，用人抬著遊街，我小時候曾經看到過，被那些人滑稽的模樣逗得捧腹大笑。

當時我坐在爺爺的肩膀上，興致昂然地聽爺爺說，這是為了討口風，所謂「笑狗天不晴」的吉利，以祈求達到求雨目的。當時自己還不太懂，只是看到最後遊街過來的「金娃娃」雕像時，不由自主地打了個冷顫。

那雕像是個穿著紅色肚兜的孩子，看不出男女，也看不清楚樣子。

應該算很可愛吧，但當時我卻直覺地感到一股寒意，三伏的天氣裡，又冷又怕地差點將爺爺不多的頭髮扯下來。

大致來說，這三種傳說都和養馬河有關，裡邊的許多特殊風俗，也只在養馬河流域流傳。應該在曾經的某個時期，發生過什麼現在已無法考證的真實事件，所以才造就了現在別具一格的風俗習性。

※　※　※

我從回憶中醒過來，心裡不知為何有種很不舒服的感覺。微微遲疑了少許，這才打開檔案袋，將裡邊的資料抽出來。

沒過多久，我便將上面的東西看完了，皺了皺眉頭，我苦笑了下。

這份資料不長，只有寥寥三頁，上邊提到的事情大概都一樣，說的是養馬河畔最近十三年來，有許多在河裡淹死的孩子，在確定死亡後的第三天突然活了過來。

當然，也不算是完全活了，醫學界秘密地對他們進行了監測，那種「假活」的狀態很短，只有十秒鐘左右，並且完全不帶心跳和脈動，腦電波也沒有任何反應，根本就是死人的樣子，但那種狀況，也不能算是單純的肌肉收縮造成的條件反射。

因為那些死後幾天，又活過來十幾秒的孩子，猛地睜開眼睛，嘴裡不知咕噥著什麼話，然後才徹底的死掉。

有人將那些屍體說的話錄下來，居然驚奇地發現，每具屍體的發音、聲線完全一樣。也就是說，他們根本就在說同一句話！

但究竟是什麼話，直到現在都還沒有定論。

這是巧合嗎？不可能，古埃及曾有一句諺語說，第一次的相同叫做幸運，第二次的相同叫做巧合，而第三次的相同就是必然，不會有任何東西相同了三次後，仍然是巧合。

資料上記載，自從引起了醫學界以及其他各種生命和神秘研究機構的注意後，這種死亡錄音的記錄就沒有停止過，現在至少已經有接近六十多個案例。

這麼多案例都呈現了相似的結果，那麼，究竟預示著什麼就不得而知了。

我苦笑得更大聲了，這個趙韻含，每次出場都別出心裁。

不過，她還真的非常清楚我的底細和喜好，送這種禮物給我，難道我還能拒絕得了嗎？不可否認，我是真的好奇了起來……

第二章 三途川

帶著百分之四十九的不安，第三天一早，我還是和趙韻含去了養馬河。

此前，我透過二伯父夜軒聯絡到辰京大學，也確定民俗系大三確實有個叫做趙韻含的女學生。不過在學校傳真過來的照片裡，我卻看到另一個人。

照片裡的趙韻含是短髮，帶著一副金絲眼鏡，右臉頰上還有一顆碩大的、偏離位置零點零零一公分的美人痣。

說實話，雖然她長得不是慘絕人寰，但是也夠慘不忍睹的了。再傻的人也判斷得出，出現在我眼前的趙韻含，和民俗系大三的趙韻含，根本就是兩個人。

車上，我將那張照片遞給正在開車的某位美女看，她只是瞥了一眼，毫不在意地笑道：「小夜，這就是你不對了，居然會跑去調查人家。」

「解釋。」我嘴裡淡淡地吐出兩個字。

她嘟了嘟嘴巴，「最近我去了韓國一趟，跑回來就變成現在這個樣子了。」

暈倒！她以為自己在騙鬼啊！如果現代的整容術可以把人從天可憐見的恐龍，徹底變成絕世大美女，恐怕韓國早就人滿為患了。

我也懶得再揭穿她，既然這傢伙不願說真話，也不介意她滿身神祕的陰影裡再多描黑一點，只要和她在一起時間多了，哼，總有一天我會搞清楚。

車行駛在高速公路上，車窗外的景色不斷模糊地劃過，不久後出現一條寬十幾公尺的白色河流。激流不斷衝擊在河床上，發出「啪啪」的刺耳響聲。

「小夜，你看那塊碑。」趙韻含突然停下車，指著不遠處的石碑道。

我抬起頭，視線裡立刻充滿了碑牌古老的身影。

這個石碑已經立在這裡不知道有幾百年了，爬滿了暗綠色的苔蘚，不過上邊的字還算清晰。整個碑面上刻著碩大的三個字——「三途川」。

有趣！我帶著好奇走下車，來到石碑前。

幾百甚至上千年的風吹雨淋，似乎沒有將碑上的刻痕完全剝去。整塊碑是用附近養馬山上出產的一種大青石雕刻而成。看得出雕工非常精細，應該是出自當時的名家之手，只是找遍了整塊石碑，都找不到作者的名字。

整塊碑高約兩公尺，石碑下壓著一頭古怪的生物。

我蹲下身子，這才看清楚，那怪物有著長長的魚身，上半身是人的形狀。它張開尖利的牙齒，強壯的身軀上披附著青色的鱗甲，左手拿著一把奇形怪狀的矛，右手舉著一面人面的盾牌，看起來十分猙獰恐怖。

看情況，這東西應該是一種水中妖怪。難道是夜叉？

我皺著眉頭用手摸了摸妖怪的腦袋，然後搖了搖頭。

不對，雖然確實很像夜叉，但絕對不是夜叉。這種妖怪，自己從來就沒有在任何書籍文獻上見過。

一旁的趙韻含見我滿臉疑惑，輕聲解釋道：「這就是金娃娃。」

「金娃娃？」我詫異地回頭盯著她，「這麼說，這個三途川，也是養馬河的一條支流？」

有文獻記載，養馬河流域總共一百公里，在養馬村附近分為四條支流，最後流入長江。

趙韻含讚賞地點點頭，問道：「阿夜，你知不知道什麼是三途川？」

「當然知道。」

我的視線又回到那個古怪的金娃娃像上，「所謂的三途川，最早最清楚的流傳是在漢代。據說是奈何橋下的那條河，每個死掉的人，如果要進入枉死城，就一定要度過三途川。

「據說在漢代之前，三途川上還沒有奈何橋。人死後，鬼魂進入枉死城的途徑只有一個，就是乘上一個穿著黑色蓑衣，披著黑色斗篷的小鬼的船，然後接受三途川的審判。

「如果你生前罪大惡極，就會舟毀人亡，眼巴巴地看著腳下的船緩緩沉入河裡，將自己拉入十八層地獄。漢代以後才有了奈何橋一說……」

我的話在這裡猛地停住了，急忙再次打量石碑。這條支幹河流為什麼會取名為三途川？為什麼金娃娃的雕像會被三途川壓住？這究竟代表著什麼寓意？

不知過了多久，趙韻含用力拉著我的手臂，示意回車裡。我戀戀不捨的這才離開，臨走時，還不忘用數位相機將那塊古怪石碑的四面八方都拍下來。

車繼續向前行駛。一路上再也沒有發生什麼值得注意的事情，幾個小時後順利的到了目的地，養馬村。

※　※　※

說到養馬村，我也有所耳聞。據說這裡許多地方，還保留著清末的建築風格，以及許多莫名其妙的風俗習慣。

例如養馬村的人早晨最忌雞飛上房，認為雞上房招火災。而且遇到火災的居民三天內忌燒鍋，也就是不能在家裡做飯，免得再次遭災。

他們中午忌諱在院內動土，免得衝動壇神。死在外面的人忌抬進家門，免得沾了邪氣。

還有，忌孕婦摘果，據說摘後第二年會難產。產婦未滿四十天不能進別人家的門，不能看死人，免得污穢人家和屍體腐爛。

正月初一忌往地上倒水、掃地，以避蝕財。抱起嬰兒忌在房檐下坐，避免被抓陰的抓走。嬰兒的衣服忌夜露，免沾邪氣。建房時挑方向忌對準別人的中堂，以免煞住人家風水。母豬產仔後忌外人來看，以免帶走奶水。

最鬱悶的是，吃飯六人同桌時，忌諱單雙對坐成烏龜席。據說會冒犯金娃娃，讓自己的兒女被水鬼拉去當替死鬼。

雖然記憶有些模糊，而且五歲半以前的事情也不太記得清了，不過我還知道一些東西，例如，我老爸當年躲債主時，躲到的窮鄉僻壤，應該就是這裡。

將行李放進村中唯一一間破敗不堪的旅館裡，我便和趙韻含走到村裡瞎溜達。

「關於最近十三年來，不斷有淹死小孩假活的事，你有什麼看法？」趙韻含明顯逛得無聊，開口問道。

我搖頭，「妳連基本資料都沒有提供多少，我怎麼可能有看法。」

趙韻含苦笑：「我知道的也不過才那麼一丁點罷了，全都告訴你了。不過，既然事情是從十三年前開始的，應該在十三年前發生過某些事情，或者說，那時候養馬河畔因某種因素產生了變化才對。」

我哼了一聲，「這個道理誰都知道，不過有那麼多人調查了那麼多年，最後什麼結果都沒有查出來，我就奇怪了，妳趙韻含大美女為什麼會這麼感興趣？難道裡邊有某種不可告人的目的？」

趙韻含用力挽住了我的手臂，「我確實有目的。因為人家好奇嘛！難道你跑到這裡來，也是因為什麼不可告人的目的嗎？」

我一時語塞。說實話，到現在我都搞不清楚自己究竟為什麼會跑來，內心裡雖然有股強烈的不安感，但更強烈的是大腦中的一股躁動。

那股令自己非來不可的感覺，雖然包藏著好奇，可是，感情色彩中遠遠不止好奇那麼簡單。

唉，俗話說女人心海底針，說回來，恐怕我比女人心更加複雜，複雜到連自己都越來越無法瞭解自己的想法。

「阿夜。」趙韻含想了想又道：「十三年前，你們一家不是正好在養馬村嗎？你還記不記得，那時候究竟發生過什麼事？」

我瞪了她一眼，然後大笑起來，「原來如此，難怪妳會那麼大費周章地把我引到這個鬼地方來，原來打的是這個主意！不過很抱歉，五歲半以前的事情，本人完全記不得了！」

趙韻含的神色絲毫沒有變化，「你的家人就沒有提到過？」

「從來沒有。」我皺了皺眉，「我也懶得問。有些事情，說不定知道了反而不好。」

其實說實話，以自己那麼熾烈的好奇心，居然會容忍人生的其中一段留下空白記憶而不聞不問，實在算得上是一種神跡，不過，我確實沒有問過，也莫名其妙地不太想問。

或許是自己下意識地認為，那段時間，發生的應該不是什麼好事吧。

雖然我很膽大，但是還沒有膽大到犯賤。既然大腦已經採取了自我保護措施，幹嘛還去刨根掘底，那不是自討苦吃嗎？有時候自欺欺人何嘗不是一種輕鬆。

趙韻含也聰明地沒有再在這件事上做文章，只是彎月般的眉頭微微壓低了一點，做出沉思狀。

「這個小村子有許多奇怪的地方。還有些房子是磚木結構的小青瓦平房，和竹木結構的草房，樓房居然一間都沒有，這種情況在整個中國都很難找到。那些再窮困的地方，至少政府建築也會修個兩、三層。太奇怪了！難道修樓房犯某種忌諱？」

「妳不是學民俗嗎？對這裡的風俗習慣應該很清楚才對。」我滿不在乎地看著周圍的景色，這種田園風光，生在城市中的人是很難看到的。

不遠處，有一群小孩正在玩遊戲。

我不經意地望過去，原本還不怎麼在意，可是不久後便越看越心驚，用力拉了拉身旁的趙韻含，朝那群孩子指了指。

她疑惑地看著，好一會都沒有看出個所以然來，忍不住問道：「那裡有什麼問題嗎？」

「當然有問題！」我的聲音略微有些激動，眼睛絲毫沒有從那群孩子身上移開。

那個遊戲由六個人組成，每個人的身旁都擺放著許多河邊隨處可見的鵝卵石。那些孩子圍成了一個圈，將石頭一層一層地堆砌起來，最先倒塌下去的就進入圈子裡，跳一陣姿勢奇怪的舞蹈。

「這個遊戲確實有些新穎，但是我實在看不出什麼東西。」趙韻含大為不解。

「看仔細了，看正在跳舞的那個孩子的姿勢。」我小聲說道：「如果我沒有記錯的話，那應該是『跳端公』的一個簡單的變種。」

「跳端公？」趙韻含的臉上流露出一絲驚訝，「怎麼可能！他們只不過是些孩子。而且正規的跳端公，早在百餘年前就在各地絕跡了！」

所謂跳端公，民國以前還曾經在境內鄉間流行。據說是遇到天災人禍或家人久病不癒，便認為有鬼作祟，往往要請端公驅鬼禳災。

跳端公又稱跳神、跳郎君、慶壇、傳老爺等諸如此類的名稱。

事前主家先與端公說明跳神緣由，將生辰八字告知端公，再由端公掐算跳神日期。主家備辦香燭、紙錢、雄雞「刀頭」，請端公來跳神收鬼。

所收之鬼（也就是燒化的紙錢灰或符籙灰），用土陶罐盛著，紅紙封口，交由主人按指定地點埋藏或扔掉。也有用稻草紮製「毛人」貼上咒符，作畢法事後用火焚化，表示鬼已收。

跳端公也常穿插爬刀梯、撲火坑、鏵頭貫胸等活動，表示端公身上附有神靈。端公還兼作「打保符」、「過關煞」、「慶壇」等多種法事。

不過正規的跳端公並沒有太多的噱頭，只講究姿勢的重要性。

當時正規的端公舞者多為年輕漂亮的處女，她們從小接受嚴格訓練，學習各種用途不一的舞蹈姿勢。而且據說，每一個姿勢都有不同的用處，絕對不能混淆，否則會適得其反。

我曾在二伯父夜軒收集的古老文獻裡，看過前人素描的端公舞者的各個舞蹈姿勢，因為覺得上頭的姐姐很漂亮，所以到現在還記憶猶新。

眼前那些孩子玩遊戲跳的舞，就是其中一種叫做「羅陰魂」的舞蹈，而且來源非常的正宗。

稍微回憶了少許，我又開口道：「這個舞蹈叫做『羅陰魂』，是驅邪魔的一種，具體的用處是趕水鬼。」

趙韻含想了想，這才點頭：「不奇怪，有大河的村落，歷史悠久的話，大多都會因為常常有人淹死而懼怕水鬼。小孩子的遊戲裡會有這種舞蹈也很平常，恐怕是從前大人教的吧，然後一代一代的流傳了下來。」

「應該是這樣。」我也有同感。

不遠處，玩遊戲的孩子們在中間的孩子跳舞跳錯時，拍手大聲唱起來：「金娃娃，金娃娃，金精水鬼欺不得。幽人不喜凡草生，水鬼水鬼跑上門。」

我一聽，頓時笑了起來。看來養馬河流域金娃娃的傳說舉不勝舉，甚至融入了兒歌裡，只是不知道，那個所謂的金娃娃，究竟是不是水鬼。如果不是，到底又是什麼？

短短的一百多公里，同樣是金娃娃，但所表現出來的形象卻完全不同。

最上游的金娃娃造型是個看不出男女的小孩子，穿著紅色的肚兜。

中游直到養馬村這一帶，金娃娃的像只是一堆塔一般的石頭，並不像個人，甚至不是妖怪或生物。

而下游到養馬河的四個支流位置，金娃娃成了一種夜叉樣子的怪物，真的很令人費解。

用力搖了搖頭，眼見太陽已經爬過頭頂很遠了，才發現自己居然忘了吃午飯。看看手機，都下午三點了，便拉了趙韻含跑到村裡唯一的一家小飯館吃飯。

說實話，那些飯菜的味道實在不怎麼樣，而且東西也不太乾淨，吃得對面的美女眉頭都皺到了一起。我倒是不動聲色地吃著，邊吃邊想心事。

如果說自己曾經在這裡住過，十三年的時間雖然長，但也不足以讓人改朝換代。當時認識的人應該還活著吧！

而那些一起玩耍過的小孩子，長大後，不知道是不是還記得自己這個曾經在他們生命裡匆匆闖進來，一年多後，又匆匆離去的過客。

至少，自己是完全遺忘了，甚至將那時候的經歷忘的一乾二淨。

說不在意，那絕對是自欺欺人。心裡有些躊躇，或許有機會的話，自己是不是應該拜訪一下這裡本該認識的人，將記憶裡的那段空白填補上呢？

內心又開始煩躁起來，感覺很不舒服，我抬頭，衝趙韻含問道：「妳不是在學民俗學嗎？上一篇論文寫的是什麼？」

趙韻含頓時來了精神，「是《民間文化研究以及反思》。」

我暗笑。果然和我調查的一樣，這個趙韻含還真有心，就算是隨便捏造個假身分引起我的注意，都準備得那麼認真。

「阿夜，你知道嗎？所謂民俗學，研究的就是民間的生活文化。作為生活文化的民間文化，連結著當地人的過去、現在乃至未來。

「每個地域，人都是生活在一個既定的文化環境中，實踐著長期以來形成的生活方式，接受祖先恪守的價值觀念，並且在具體的生存條件下，對傳統的生存方式加以再創造，對傳統的世界觀與價值觀念，進行現時代的闡發。」

她說得很認真，「而我，就是對各地的世界觀以及價值觀念，所繁衍出來的神神怪怪傳說很感興趣。」

這一點我倒是很贊同，畢竟，自己何嘗不是很好奇？隨即道：「沒錯，人總是生活在由歷史一直延續至今的民俗文化之中。

「你們民俗學者普遍認為，民俗學是歷史學和現代學的雜交品。現實生活中與人類生活有關的各方面，都是從事民間文化研究所關注的物件，它們都構成了民俗學者對當地人傳承的民俗之合理解釋的基礎。

「而且，民間文化具有深厚的傳統淵源，如果要研究，要從民眾的生活文化中發現其中的再創造因素，也要剔除其表層的民眾再創造因素，尋找民間文化之所以延續至今的歷史發展脈絡及其動因。」

說著說著，我又想起金娃娃的傳說，「只是這附近的金娃娃，在短短一百公里的流域，居然流傳著那麼多不可思議，而且許多都是毫無邏輯性的傳說，這倒是很少見的。」

「也不是說完全沒有關聯。」趙韻含輕輕咬住筷子，說道。

我想了想，點頭，「沒錯，關聯確實有。所有傳說都離不開養馬河，而且當地人對它的信仰無論是懼怕還是崇拜，都會在每年的農曆六月十二號拜祭它。想想，真是覺得有趣。」

話音剛落下，突然聽到外邊傳來一陣吵鬧聲。我伸出頭去一看，頓時愣住了。

第三章　神秘女孩

據說，春秋時，晉國的國君晉景公姬死得異常離奇。

這老哥是真正掌握生殺大權的一代國君，上了年紀，多少有點老年病。晉國的一位算命先生，大概是活膩了，跟國君說：「您老啊，活不過今年吃新麥子的時候了。」

姬老先生一聽當然十分不痛快，到了當年新麥子收穫時，就把算命的招來，捧著飯碗說：「你看，你說朕活不到吃新麥子，朕這就吃給你看！不過，你得先死，誰叫你算得不准！」說罷，便叫人把算命的推出去砍了。

姬老頭子端起飯碗，剛要吃，突然覺得肚子不舒服，便跟左右說：「不成，朕得先去上趟茅房。」說著，放下碗出去了。

左右侍從左等右等，等到飯都涼了，還不見國君回來，到底怎麼回事？私下分頭去找，宮裡哪兒都找不到，最後，在茅房發現了姬老先生，原來掉進糞坑裡，已然死得硬邦邦了。

後來有人說，姬老先生是第一個殉難於廁所的帝王。

而一向以文筆簡潔有力著稱的《左傳》，僅用了一句話描寫這事件：「將食，漲，入廁，陷而卒。」

提到以上這個典故，當然是有原因的，而且大有原因。

話說我和趙韻含跑出去看熱鬧，沒想到一出飯館的門就被人潮沖散了，不過這不重要，重要的是吵鬧的、看熱鬧的閒人實在不少，而且密密麻麻地圍著中央不遠處的位置。

我在好奇心使然下，問了附近的人，這才恍然大悟，原來是死人了！不過那位仁兄死得有夠白痴，和晉景公絕對有異曲同工之妙。

聽旁邊的閒人娓娓道來，聽得我想笑。

據說死掉的那人姓劉，和父親開了一家頗大的養熊場，最近幾年成了養馬河的首富。不過這個劉小子不愛金銀、美女，就喜歡跟狗熊打架。

據說他在自己的養熊場裡蓋了一個很大的搏鬥場，常常將裡面豢養的棕熊、灰熊、黑熊、馬來熊，和白熊等等，接連拉出來羞辱。

總而言之，劉老兄成天啥也不幹，就琢磨著怎麼跟熊打架，還為此請了老師。隔三差五的，進搏鬥場裡去揪出一隻熊來一頓揍，英雄啊！

不過呢，英雄也有失手的時候，終於在今天，劉兄弟遇到一隻剛進到養熊場的厲害熊，打著打著，就被狗熊咬死了……

我哭笑不得，這傢伙根本就是自找，完全不需要同情。

只是，現代人就真的這麼無聊嗎？雖然很少有機會看到屍體，而且還是被熊咬死的，可是，需要圍那麼多人？還是說，事情並不是那麼簡單？

想著想著就拚命往裡邊擠，好不容易接近到圈子的周圍，從縫隙裡辛苦地瞅著。只見中間的地上擺著兩具用麻布遮蓋的屍體，左邊的那具體形很大，是個成年人。而右邊那具則小得多，應該只是個五六歲的孩子。雖然用布蓋住了，但周圍的土濕淋淋的，而且屍體還透過布的縫隙往外流水。

我皺了皺眉，這個小孩，難道是被淹死的？

以前曾經提到過，養馬村有個風俗，死在外面的人不能抬進家門，免得沾了邪氣。所以倒不難解釋，為什麼屍體會露天放在打穀場上。只是，為什麼會有那麼多人來看稀奇？

突然感覺有人在拉我的袖子，我轉頭一看，卻因為人潮實在太過擁擠，看不清楚那人。只是隱約覺得，那應該是個身材嬌小的女孩。

那只拉在我袖子上的纖纖細手很小，而且白得刺眼。手不斷地用力，似乎想要我跟她走。於是我就順著那手主人的意思，跟著她牽引的方向離開了鬧區。

隨著遠離人群，我終於看清她。

那是個只有一百五十幾公分的女孩子，穿著白色的連衣裙，長長的黑色秀髮很細很柔順，在風裡不斷飄蕩著，讓人不禁產生一種想要抓住的衝動。

她回過頭，衝我甜甜笑著，五官十分精緻，但是卻看不出年齡。似乎只有十四、五歲，但硬要說她超過二十歲，也很合理。

總之，是個會讓人憐惜的絕色，最難能可貴的是滿臉的清純，令看慣城市美女那種市儈現實嘴臉的自己，不由得感覺溫馨起來。

女孩的腳步絲毫沒有停止的跡象，她的小手拚命抓住我的袖子，彷彿放手就會永遠失去我似的。不知道跟著她走了多久，終於在一個毫無人跡的樹林裡，她停住了。

輕輕地轉過身，女孩清泉一般的純淨大眼睛，一眨不眨地用力注視著我，從我的腳尖一直打量到頭髮的末梢，最後將視線凝固在了我的臉上，然後，再次笑了，十分清純的笑臉，微微張開的小嘴，若隱若現的皓齒，秀挺的鼻子，白皙到弱不禁風的皮膚。

一切的一切，都美得令我目瞪口呆，止不住地想發抖。

不知又過了多久，我才逐漸鎮定下來，輕聲問道：「這位，嗯，小妹妹，妳叫我來有什麼事嗎？」

女孩沒有說話，只是笑，望著我開心地笑。

「那，妳叫什麼名字？」我又問。

依然沒有回答，依然只有笑。

這次輪到我笑了，苦笑：「小妹妹，妳的家人在哪裡？妳住在這個村子裡嗎？」

這次她似乎聽懂了，微笑著搖晃著腦袋，頓時視線裡似乎漫天都充滿了那絲絲柔細的青絲。女孩閉上眼睛，雙手合十，然後十分開心地拍了拍手，衝我輕輕發出了一個清晰的語調，「連就連。」

聲音清脆，如同悅耳的音樂。這三個音節結束後，又望著我，似乎在等我回應。我在她滿臉期待中不解地撓了撓頭。

女孩沒有死心，又拍了拍手，依舊萬分期待地說：「連就連。」

然後再次等待著我的響應。

我苦惱疑惑地摸著鼻子，滿臉尷尬。女孩眼中燃起的熾熱希望在一霎間崩塌了，明眸中升騰起一陣陣痛苦的霧氣，眼眶開始濕潤，像是受到了莫大的委屈般哭了起來。

不知為何，我羞愧得想要找個地洞鑽進去。就像自己本來應該知道怎麼回應她似的，只是，自己確實不知道。

女孩拉過我的袖子擦拭眼淚，抽泣聲不大，但卻十分傷心。

唉，頭痛，剛到這個本該熟悉的村莊，結果什麼事都還沒有展開調查，就碰到了一堆麻煩。難道，我夜不語命中注定這輩子就是有一大堆的女難？

懷著鬱悶的心情，我開始動用萬般耐心哄著哭泣的女孩，可是不論怎麼說話、做鬼臉逗她，她就是不為所動，只是默默哭著。終於有點受不了了，決定先帶她回住的地方再說。

於是我去拉女孩擦拭著眼淚的手，她的手很小，軟綿綿的，柔嫩的皮膚很有彈性。握在手裡，感覺很舒服，只是就初春而言，觸感略微冰冷了一些。

女孩微微嘟著可愛的小嘴，終於止住哭，抬頭望著我，不知為何又開心地笑起來，甜美的笑容上，長長的睫毛間還掛著晶瑩的淚珠。

哎，真是個有夠古怪的小妮子，不過那副梨花帶雨的樣子，也確實很美。

就這樣拉著她逕自往旅館走，一邊走我一邊盤算著她的來歷。

她的穿著打扮很普通，白色的連衣裙，最近幾十年雖然一直沒流行過，但是也從沒有缺乏過，總之適合所有年齡層。而她留著不長不短的披肩髮，雖然很漂亮，可是明顯缺少修剪。現代的年輕人，髮型大多以碎髮為主，這在養馬村也是一樣。

至少據我觀察，三十歲以下的年輕女孩，無論長短幾乎都清一色的修成了碎髮，當是和城市文化最明顯的接軌處。可這女孩，髮型相當孩子氣，最近幾年已經相當少見了。

而且，看她的神情，似乎認識我的樣子，至少感覺得到，握在我手掌中的那個纖弱小手，在激動地微微顫抖，只要我的手稍微一鬆，她就會下意識地用力抓住我的食指死都不放，就像怕我會突然消失。

不解地擺著頭，我又向她望去。這種氣質獨特的美女，以我的記憶力，只要見過一次就不可能忘記，但是記憶裡卻絲毫沒有過她的身影，難道是五歲半以前一起玩過的同伴？

不可能！十三年了，自己長大了，變得和從前根本就是兩個人，她又憑什麼認出自己的？還是說，她根本是認錯人？

而且這美女雖然長相裡透出一股靈氣，乍一看讓人覺得很聰明的樣子，可是，從她不作聲的行為中，不難看出，她的智力應該由於某種原因停留在了童年時候，也就是患有俗稱的腦功能發育障礙，智力無法隨著身體增長。

看來，自己的麻煩是越來越大了。

※　※　※

在感嘆中，我回到住的地方。趙韻含遠遠地看見我，衝我微笑揮手。

「有什麼大的發現嗎？」迎上來的第一句話，就暴露了她此刻的急躁心情。

我苦笑著搖頭，「哪會有什麼發現，倒是撿回來一個迷路的大美女。」

趙韻含饒有興趣地盯了我一眼，四處望了望：「喔，哼哼，為什麼我就那麼苦命，從來沒那麼好運可以撿到個帥哥什麼的。美女呢？你把她藏哪去了？」

我見她明知故問，沒好氣地指了指右邊，「那麼大個人，妳眼睛瞎了？」

她撇了撇嘴，「你自己看看，哪有人了？」

「這不是人嗎……」我的頭向右轉，原本理直氣壯的語氣頓時蕩然無存。身側，右手掌中滑膩充實的觸感還殘留在皮膚上，可是伊人卻不知何時不見了蹤影。

見鬼了！我用力拍了拍額頭，滿臉呆滯，好一會才確認道：「那個，剛才妳遠遠地衝我揮手的時候，有沒有見到我右手邊的那個女孩？」

「從頭到尾我就只看到你這活寶一個，你是一個人回來的，根本就沒有其他人。」趙韻含的臉上突然劃過一絲驚訝，「等等，你這番話，難道是認真的？」

「廢話，妳以為我那麼無聊，會亂耍人啊！」我有點不知所措，胡亂揮動手臂跑回自己的房間裡。

用力躺在床上，呆呆望著骯髒簡陋的天花板發愣，莫不是自己真的遇到鬼了？有個問題，就算自己遇見了鬼，可那鬼為什麼會認識我？還一副十分信任的樣子？何況，這世界上到底有沒有鬼，誰又說得清楚呢。

想著想著，大腦開始模糊起來，有些犯睏了，於是我閉上眼睛，似乎就在那段時間，自己作了一個古怪的夢。

那個夢十分朦朧不清晰，以至於醒來時，很多細節都不太記得了，只隱約覺得，那個夢的場景是個很長很長的河床，四周滿滿地堆積著大大小小的鵝卵石。

有個女孩站在我身前，拚命想要向我傳遞某種資訊，可是我看不清那女孩的模樣，也聽不到她的聲音，只見到她的嘴巴不斷地開合著。

我一直不為所動，她著急起來，伸出雪白纖細的小手抓住了我的肩膀。有一股窒息的感覺頓時充斥了我的一切感官，我用力掙扎，慌亂中向肩上瞥了一眼。頓時一股惡寒冒了上來，那裡哪有什麼女孩子的手掌，分明是一截白森森的骷髏胳膊，正掐住我的肩膀。

那乾枯的骷髏肢幹陰森森的，幾乎陷入了我的肉裡。

這時，我醒了過來，猛地從床上坐起，用力喘著粗氣，感覺自己像是已經死過了一次似的。身體很沉重，又累，頭也劇烈地疼痛著，像是大腦裡有什麼東西在蠢蠢欲動。

「阿夜，你在裡邊嗎？」門外，趙韻含焦急的聲音以及劇烈的敲門聲傳了進來。

我晃動腦袋，有氣無力地回應了一聲，搖搖晃晃的將門打開。

她一見到我，驚訝得差些說不出話。「才幾分鐘沒見到你，你怎麼變成這副尊容？」她微微皺眉，將我上下打量了一番：「難道你被鬼壓床了？」

「沒什麼，只是作了個惡夢。」我深吸了一口氣，衝她揮了揮手，剛才的事情自己都沒有想明白。難道是因為新來乍到，有些水土不服，才引起了身體這麼大的反應？

「什麼惡夢這麼嚴重？」趙韻含稍微有些擔心，見我一副不願再提起的神色，聰明地沒有再追問，只是道：「對了，今天村子裡有個小孩在養馬河裡游泳時被淹死了，你知道嗎？」

「剛才看到了，屍體就在打穀場上，和一個被熊咬死的中年傻瓜擺在一起。」我的精神狀況好不容易恢復了一點。

「那個傻瓜姑且不提。我稍微調查了那個淹死的小孩。」趙韻含掏出一本小本子遞給我。

我認真看了起來。那個男孩叫做趙委，上個月才滿七歲，在三天前失蹤。屍體在今天早上八點十五分，被同村一個漁戶無意間撈起。員警判斷為意外身亡後，遂將屍體發還給他的父母。

「調查這個幹嘛？」我疑惑地問。

趙韻含立刻滿臉詫異地望著我，「阿夜，你的腦袋還清醒吧？我的用意你居然不知道！」

我一愣，突然掏出前幾天她塞給我的資料回顧一番。

養馬河畔最近十三年來有許多在河裡淹死的孩子，在確定死亡後的第三天突然活了過來。而這個孩子是在三天前失蹤的，假定他早在那個時候就已經死亡，那麼，今晚剛好就是他死去的頭三。

「妳想埋伏在打穀場，親眼看看趙委身上會不會出現假活的情況？」我低聲問。

「沒錯，這是民俗學家的執著！」趙韻含一副興奮難抑的樣子。

我苦笑，「這個村子最忌諱的就是夜晚的屍體被人盯住，他們覺得這樣會影響死去的人游過三途川投胎轉世，所以屍體只會放在打穀場，就連守夜的人也不安排，一直到清末民初時期，夜間跑去放有屍體的打穀場，打攪死者安寧的外人，都會被村裡人抓起來燒死。

「在這個村子裡遊蕩的學者，八成都是通過某些不太光明正大的手法，才將屍體搞到手，記錄下那些假活狀態的吧！養馬村的人可能至今都不知道，他們幼小的兒子、女兒到死還被人偷去研究。」

「全中！不過，你就不想去看看嗎？」她的聲音裡充滿了蠱惑。

我聲音壓得更低了，「被發現的話，事情就大條了。雖然不至於被燒死，但一定會被趕出去。」

「幹嘛這麼婆婆媽媽的，這可不像你。你小子到底去不去？」

「去，那麼有趣的勾當，怎麼可能少了我！」我哈哈大笑起來，滿臉的笑容裡，卻隱約透露著一絲不安。

不知為何，總覺得今晚會有什麼不好的事情發生，不過，倒是讓本人越發地好奇了。

第四章 夜探

夜，黑夜。在這個天空還沒有被文明腐蝕的鄉村，夜色並不是太黑暗。星空很清晰，映照在地上，銀白一片，如同四周都撒上了一層鹽。

我和趙韻含一早就將今晚的行程安排好。到了九點半，眼見旅店裡的人一個、二個都回了房間，這才用手機通知對方，從一樓的窗戶爬出去。

小心翼翼地穿過院子，隱身進了不遠處的玉米地裡。趙韻含穿著一套黑色的衣褲，滿面作賊的興奮，看得我直想笑，雖然我的樣子也不比她好多少。

養馬村的打穀場不大，只比兩百平方公尺大一點。秋季時用來輪流曬穀物和玉米，不過因為最近幾年機器的流行，這地方已經很少用了。現在的用途，經常是拿來作為文藝表演或者放映電影的場地。

打穀場的右側有一間很小的磚瓦房，那叫做屍閣，是用來擺放屍體的地方。

養馬村人有一則風俗便是不能讓死人進門，所以不知道什麼時候在這裡修建了一間小房子。那房子裡千百年來，早就不清楚已經放過多少屍體。

歲月並沒有在那棟房子上刻下多少痕跡，看得出來，村裡人常常翻修。既然那麼重視這個地方，不知為何偏偏要把它修得一副寒酸的樣子。

從玉米地裡對穿出來，打穀場就到了。星光下，整個打穀場都泛出慘白的光芒，令人不寒而慄，稍微打量四周一番，我和趙韻含對視，露出古怪的笑容。

屍閣的門輕輕閉合著，雖然不明顯，但還是能看出並沒有上鎖。也可以認為，原本上了的鎖不知被誰弄掉了。看來，盯著屍體的人並不只我們兩個，至少，已經有人先我們一步進去了。

我們躡手躡腳向前走，緩緩地在玉米地裡繞了打穀場大半圈，移動到屍閣的後側，通過透氣孔向裡邊張望，可令人意外的是，裡邊什麼動靜都沒有。沒有人，也沒有架設過觀測設備的痕跡，只有屍體靜靜地躺在那裡。

但不知為何，這種如死的平靜中，我卻隱約有種不協調的感覺，像是有某個不對勁的地方。趙韻含顯然沒有看出個所以然，她對我比劃了幾個手勢，讓我按照計畫進行。我側著腦袋想了想，點點頭，踏上打穀場，來到屍閣門前。

這裡果然沒有上鎖，但是鎖床有點扭曲，像是被什麼工具用力拉壞了。

我衝警戒著四周的趙韻含指了指門，她打量了片刻，立刻明白我在懷疑什麼，低聲說：「應該不是研究所的那些人。他們都有開鎖的工具，不會那麼野蠻。而且，鎖壞了也就留下闖入過的痕跡。第一個被懷疑的，肯定是我們這些外來者。」

和我想的一樣，既然不是各懷目的研究屍體的那夥人，那破壞了鎖闖進去的又會是誰？這會不會根本就是有所察覺的本地人，設下的圈套？

不對！這個設想很快被自己推翻了。如果真是個圈套，本地人完全可以埋伏在四周，等那些對屍體有興趣的人自投羅網。

那個破壞鎖的人應該也是懷著某種目的，而且他根本就不怕打草驚蛇，因為他清楚，就算被人發現了，也只會懷疑到外地人身上去。難道，這個人是本地人？

如果真的是本地人，那他冒著打破千百年傳統風俗的壓力，跑到停放屍體的地方幹嘛？

趙韻含用力拉開門，那扇看起來很輕巧的門發出一陣笨重的聲響，沉重地在泥土地上劃出一道很深的痕跡，她輕輕拉了正在發呆的我一把。我只好將滿腦子的疑惑甩開，走了進去。

這個屍閣大約只有四十平方公尺，呈長方形，門是從最右邊開口的。從右到左，並排放著兩排木板釘成的板子床，總共有十六個。

我用手摸了摸半人高的床板，木質很堅硬，應該不是廉價的木料，恐怕這些床板也和這間屍閣一樣歷史悠久吧。

最後一個位置上擺放著一具小孩的屍體。應該是死去的趙委。感覺趙韻含用力嚥下一口嘴裡的分泌物，緊張地向屍體走去。

「妳在害怕？怎麼，以前從來沒見過屍體？」我小聲笑著。

「見過又有什麼好得意的。人家可是神經纖細的淑女，害怕屍體是人類的自然反應。」在這種氣氛詭異的地方，她連聲音都在顫抖。

我笑得更開心了，「那妳可要作好心理準備。本人一見到屍體，就會本能地觸發一種古怪的嗜好。」

「嗜好？什麼嗜好？」她有所警覺。

沒等她進一步的反應過來，我已經將蓋在屍體上的麻布猛地揭開。

趙韻含頓時瞳孔放大，想要下意識地尖叫，可是理智立刻阻止了這一不智的行為。她死命地鑽進我懷裡，像一隻受到莫大驚嚇的梅花鹿。

「死人，差點把我嚇死。」過了好一會，她才驚魂未定的發出聲音。可是眼睛始終不敢睜開，在我懷裡將頭埋得更深了。

我滿臉惡作劇得逞的燦爛笑容，視線一刻不停地緩緩在屍體上掃描起來。

這是個很健康的男孩子，略顯棕色的皮膚，面目還算清秀。原本應該充滿活力的身體上，此刻早已沒了生機，就像深夜如死的寂靜一般，死得非常徹底。

戴上手套，用右手習慣性地在屍體上敲敲打打了一番，我皺起了眉頭：「韻含，這具屍體有點古怪。」

「哪裡古怪了？」她好不容易才提起勇氣往屍體的方向看了一眼，但沒等到視線完全接觸，已經怕得又將頭埋回我懷裡。

我略微有些無奈，用手加大力氣在屍體的腹部位置擠壓，「妳看看。」

趙韻含小心翼翼地瞥了一眼，「沒什麼啊。」

「妳仔細看看屍體的耳朵、鼻子和嘴巴。」我提醒道。

她終於認真起來，打量了一番，面色古怪地望向我，「確實有點奇怪。」

「沒錯。」我點頭，「一般溺水身亡的人，除非能在死後四小時內撈起，否則屍體都會因為浸泡的關係而腫脹發臭。

「腫脹會導致頭髮及表皮的脫落，眼、舌的凸出甚至脫落，在養馬河的活水中，屍體更可能被水中生物咬食造成殘缺。

「而且溺死者多有七孔流血的情況。口鼻部會形成濃稠的泡沫，不易破滅，可是這具屍體，實在完整得太過正常了。」

「嗯，我也聽說過。」趙韻含似乎忘記了害怕，盯著屍體道：「如果是因為溺水身亡，肺部會有積水。剛才你擠壓胸口的目的，就是為了證明這一點吧？」

「完全正確。」我將屍體的嘴撐開，「他的嘴巴、鼻子，和耳朵裡雖然有泥沙，但是嗓子的深處卻沒有。肺部也沒有積水的跡象，恐怕是死後才被什麼人扔進河裡的。」

「你的意思是謀殺？但為什麼員警沒有查出來？」趙韻含有些詫異。

我的語氣中帶著一絲嘲諷，「這小地方的員警也是些可憐角色，大多是得罪了上頭，被調過來，等到老死也得不到升遷機會的傢伙，這些人混一天算一天，有幹勁就怪了。

「而且，養馬河畔常常有小孩子淹死，員警過來恐怕隨便看屍體幾眼，連法醫都懶得派出來就結案，把屍體發還回去了。」

趙韻含無語，向左右張望，「對了，怎麼這裡只有一具屍體？今天那個被熊咬死的中年男子呢？」

頓時，正在看屍體的我如同被雷電劈中一般，全身劇烈地抖動了一下。

對了，終於明白剛才從透氣孔向裡邊張望時，自己為什麼會產生一種不協調的感覺。原來那不對勁的地方，是來自屍體的數量。

下午的時候，自己明明聽到旅館的老闆說，兩具屍體都擺在打穀場的屍閣裡。趙韻含的調查也證實了這一點，可是，為什麼現在只剩下一具屍體？另一具呢？

大腦飛快地思索，我像是想到了什麼，立刻跑到屍閣的門前，仔細打量門栓。看著看著，越看越心驚，不由自主地打了個冷顫。

「阿夜，你怎麼臉色都變白了？」趙韻含對我無法預測的行動十分不解。

我沒有回答，只用眼睛搜索房內的地面。

不久，意料之中的東西出現在了視線裡，我將它撿起來，臉上的神色不知道變成了什麼古怪的模樣。總之，恐怕是再也笑不出來了。

「你發現了什麼？」她好奇地往我手裡看。

我望向她，問道：「妳剛才開門的時候，有沒有發現什麼異常？」

「倒是沒什麼，只覺得門很重。」她回憶道。

「我看門不是重，而是被什麼弄壞了。」我指著門栓，「妳看，這裡有劇烈拉扯留下的痕跡。應該是什麼東西對門施加了極大的作用力。大得將門鎖的栓都拉斷了。」

「誰有那麼大的力氣？」趙韻含吃驚道。

「還不僅如此。」

我將手心攤開，掌上露出剛才撿來的東西，是一把已經壞掉的銅鎖，「這是屍閣的門鎖，它的鎖頭部分已經爛掉了，不過鎖卻飛到了屋子裡邊，妳知道這意味著什麼？」

她似乎沒有絲毫緊張感，偏過頭想了想，「恐怕是有人在外邊用力地踢門，想要闖進去。」

「這是一種可能。但是妳想過沒有，這扇門是向裡邊開的，如果是外邊的人想闖進去，門鎖雖然會壞掉，但門沒有理由也壞了。」

我頓了頓，一字一句地緩緩道：「這種情況，更有個可能……是裡邊的什麼東西，用難以想像的力氣將門撞開，以至於門栓壞了，門的軸輪也壞了。」

「不可能！」趙韻含略微有些變色，「那樣門鎖沒有理由會留在屍閣裡。」

「理論上是如此。」我哼了一聲：「門栓壞掉的狀態也說明了，是被裡邊傳來的力量破壞的。這個銅鎖恐怕是後邊出現的某人，出於某種目的扔進去的。」

趙韻含無法辯駁，她向四周掃視了一眼，黑漆漆的夜色，寂靜的黑夜，不遠處縈溢著死氣的屍體，還有那個從屍閣裡跑出去的東西……

這一切，都足以讓人產生恐懼。她的臉色不自然起來，身體也向我靠得更緊了。

「喂，你說，如果門真的是從裡邊打開的，那逃出去的是什麼東西？會是人嗎？」

我搖頭，「不太清楚。這道門的木質很堅硬，而且門軸承也是很粗的鐵芯。要逆著開門的方向把門撞開，很難想像需要多大的力氣。

「不過，就算再強壯的人，恐怕也做不到吧。而且看門栓的破壞程度，應該是瞬間壞掉的。那東西恐怕只用了一下就把門弄開了。」

「那會是什麼？」趙韻含打了個寒顫，「屍閣裡本來應該有兩具屍體，可是有一具現在不見了，難道是……屍變？」

「神經，怎麼可能！」我沒好氣地道：「雖然現在因為線索太少，我暫時無法解釋眼前的狀況，但是屍變這種無稽之談，絕對是不可能的。」

沒錯，這世界上的人和生物都一樣，死了就一了百了，變成其他生物所需的肥料，進行生態圈的另一種輪迴。人類也是如此，人死後怎麼可能會有靈魂！退一萬步來說，就算有，也不足以讓屍體動起來。

屍體之所以為屍體，就是因為大腦死亡，身體所有的機能都喪失了，如果真的能動起來，而且還能產生比生前更大的力氣，那絕對可以歸類於科幻小說的範疇，不是現實的世界會發生的。

趙韻含緊張地拉了拉我，說道：「這地方越來越詭異了。阿夜，該調查的都調查了，我們該走了吧？」

「妳不是要聽屍體假活狀態下，發出的怪異聲音嗎？」我看了她一眼。

「這次應該是沒指望了。」她撇了撇嘴，「你也看過資料，根據調查，只有在養馬河裡淹死的，年齡在三歲到十三歲之間的小孩子，才會出現假活的現象。

「這個趙委雖然是從養馬河裡撈起來的，但是明顯是死後才被人扔進河裡，構不成假活的條件。」

「這樣啊。」我略微有些失望，原本還滿懷興奮地，以為可以看到科學又一無法解釋的現象呢，可惜了。

再次打量一番，雖然搞不明白跑出去的東西是什麼，以及那具中年男子的屍體為什麼會消失，但收穫還是有的，至少發現了一起謀殺案，明天一早打電話到城裡去報案，說不定還可以藉這個機會，透過警方調查今天遇到的那個白衣女孩的事。

無論怎麼樣，我都不信她會是鬼，握著她小手的那份滑膩柔軟，以及淡淡冰涼的感覺，直到現在都還很深刻地映在大腦深處。

下午作了一個可怕的夢後，似乎塵封的記憶已經開始有了些裂口。雖然莫名其妙，但總有一種感覺，我們似乎是認識的，而且還很熟。

每當回憶起那女孩純淨的眸子，我便會若有若無地產生一種淡淡的溫馨。

或許，我曾經真的認識她吧。

正要走出門，突然感覺身旁的趙韻含劇烈地顫抖起來。她尋找著我的手，用力握住。原本纖細溫暖的手早已變得冰冷一片，甚至不住地打擺。

「怎麼了？」我疑惑地轉過頭問。

只見她滿臉慘白，眼睛死死地盯著擺放著屍體的方向。

我順著她的視線望過去，並沒有發現什麼異常。屍體，就在它該躺的地方，靜悄悄的，沒有任何動靜。

「聲音。」趙韻含緊張得嗓子都在發抖，發出的語音有些殘缺不全。

我側耳傾聽，不禁渾身一顫。寂寥的午夜，有種毫無意義的單薄聲音，輕輕地迴盪在屍閣內，如果不注意聽，根本就發現不了。聲音的來源，正是那具叫趙委的屍體。

趙韻含死命地挽住我的胳膊，我用力甩開她，飛快向屍體走去，一把將它身上的麻布扯掉。頓時，我被驚呆了。

只見趙委原本緊緊閉著的眼睛此刻瞪得豆大，惡狠狠地盯著天花板，屍體的嘴緩緩張合著，發出一陣又一陣聽不出任何意義的音節。那個音節以兩個音段為一點，不斷重複。它放大的瞳孔開始左右移動，似乎在尋找什麼。

猛地，血紅的眸子盯住我。布滿血絲的眼睛立刻瞪得更大了，屍體唐突地不再發出聲音，只是恐怖地盯著我，一直盯著我，突然，左手猛地抬起，緊緊地將我抓住。

我的上身動彈不得，驚慌地一腳向屍體踢過去。趙委小小的身體飛了起來，刺耳地尖叫著，爪子一般的手終於放開了，整具屍體跌落到牆角。

驚魂未定的我們逃也似地跑出屍閣，偷偷回到旅館裡。趙韻含怕得不敢一個人睡，非要賴在我房間。最後，我也只能由她了。

※　※　※

腦子十分混亂，就算躺在床上，也沒有辦法確信剛才親眼見到的一幕，總覺得一來到這個村子後，縈繞在內心深處的不安感越演越烈，似乎會發生什麼不好的事情。

那具會動的屍體，還有那詭異的聲音……雖然那聲音似乎毫無意義，但卻有一定的節奏感，它應該在不斷重複著某個字詞。而且這個字詞，我已經隱約猜測到了。

因為，在我將屍體踢飛的那一剎那，屍體在半空中，分明從嗓子裡發出了兩個我能夠聽明白的音節。

那，居然是在叫一個名字。

我的名字……

第五章 喚魂塔

有人說，有幾種人容易被鬼纏住。

例如：左手食指有黑痔的人，凌晨三點四十七分洗臉的人，頭髮自然枯黃無光的人，無故失眠的人，凌晨一點四十四分出生的人，額頭無故發青的人，凌晨從廁所鏡子裡可直接看到窗戶的人，在七月十四日打破碗的人……

我屬於哪種人呢？不管是哪種人，最近我都有些倒楣。莫名其妙地因為好奇心跑到這裡，來查金娃娃的傳說以及假活事件，沒想到在夜探屍閣時，居然遇到了詐屍，唉，頭痛，搞得現在大腦都迷迷糊糊的，不知道那場遭遇究竟是不是在作夢。

凌晨，我醒了過來，感覺口乾舌燥，拿過水瓶倒了一杯水喝，等到再回到床上時，居然怎麼樣都睡不著了。

看了看手機，三點四十一分。我住的是雙人房，隔壁床，趙韻含正蜷縮在被子裡睡得正香，這傢伙，不論怎麼勸，就是怕得不敢回自己房間。

以前《鬼抓痕》事件裡，她不是一副很臭屁的樣子嗎？而且，這次調查還是她起頭的。都不知道這副柔軟正常的女孩子模樣是不是裝出來的，如果是的話，她就太可怕了！

我眨巴著眼睛，仔細地觀察她。雖然接觸了這麼長時間，好像只有這次才有機會看清楚她似的。突然發覺，這個美女，還真不是一般的美。

微微捲曲的修長睫毛，粉紅色的可愛嘴唇，不時微微抽動的秀挺鼻子，以及如瀑布般濃密，撒在枕頭上的黑色長髮。

我嘴角擠出惡作劇的笑容，躡手躡腳地下床，走過去，扯下她的一根頭髮，然後用柔滑的髮絲迴盪在她的嘴鼻間搔癢。趙韻含露出一副苦惱的樣子，眉頭輕輕皺起，右手在空氣裡揮動，想要將騷擾自己的東西撥開。

玩了一陣子，自己都感覺自己的行為有夠幼稚無聊的。我站起身，向浴室走去。橫豎睡不著，還是洗把臉清醒一下，打開筆記型電腦玩會遊戲吧。

打開浴室的燈，我胡亂地將水潑在臉上。水打濕了我的視覺，從閉上的眼簾縫隙望著外邊的世界，總覺得空間稍微有些扭曲。

我用袖子將臉擦乾，望向鏡子。但是只一眼，就驚呆了。

鏡中的我居然憔悴得不成人樣。淩亂的頭髮毫無光澤，臉色泛出慘白的血色，額頭上甚至白得發青。自己究竟怎麼了？就算沒有睡好，神態形象也不至於如此糟糕吧？

我愣愣地盯著鏡子發呆。突然，鏡子映照出的窗戶位置，我發現了一個不規則的倒影。像是……人的臉。

猛地回過頭，卻什麼也沒有看到。

緩緩地將視線移回鏡子上，那張臉再次出現了。而且，似乎比剛才更加清晰。

這可是二樓，窗戶外怎麼可能有人？

我用力地閉上眼睛，揉了揉太陽穴，再次睜開。那個不規則的臉孔不但沒有消失，反而再次變得清晰。

我甚至能看到那張臉的細部。那是個男人，大約三十多歲。他的眼睛圓睜，細小的瞳孔四周布滿了鮮紅的血絲。

他的臉緊緊地貼在玻璃上，臉色慘白，那雙眼睛死死地瞪著我，就像屍閣中那具屍體瞪著我的神情，一模一樣！

呼吸！深呼吸！雖然不怎麼相信鬼鬼神神的東西，但是絲毫不影響我現在的恐懼。那是發自骨髓中的寒意，與生俱來，無法以自己的意志控制。

我想轉身逃走，但是理智卻不允許自己那麼做。

我和那雙恐怖的眼睛對視，不知過了多久，那張臉如同它的突然到來一般，唐突的不見了。我渾身的力氣彷彿被什麼東西抽去，身體軟軟地倒在了地上。

※　※　※

早晨醒來時，發覺自己十分暇逸地躺在床上。旁邊的桌子擺放著還冒著熱氣的豆漿、油條。四處打量一番，旁邊床位的趙韻含已經不見了，被子疊得整整齊齊，就像從來不曾有人睡過一樣。

我伸了個懶腰，用手捧住額頭苦苦思索。

清晨的陽光從窗外零落地撒了進來，帶著開春特有的涼爽。這根本就是個再正常不過的一天之初了，難道，昨晚的一切真的不過是場夢？

翻身起床，突然發現盛著油條的碗下邊有張紙條。我拿了起來，只見上邊用娟秀的字跡寫著：

給某個躺在浴室地板上睡覺的傻瓜：

買了豆漿油條給你，記得吃了才准出門。不好好吃早飯的話，會得胃病的。

ＰＳ：你該減肥了——人家很辛苦才把你拉回床上去！

我笑了起來，這個趙韻含，人還是滿不錯的嘛。心底稍微感覺有些溫馨。

多少年了，因為父母實在很忙，我在家都是自己一個人吃飯。往往起床後什麼東西都被傭人準備好，擺到桌子上。雖然什麼都不缺，可是老覺得少了些什麼，或許，自己也像常人一般，害怕孤獨吧。

現在，雖然自己也是一個人吃早餐，但是卻不像往常那般感覺心冷。這種感情色彩很複雜，但也很熟悉，似乎很久很久以前，也有過相同的感動。

豆漿很新鮮，像是用剛成熟的新黃豆磨成的。能喝到這麼正統的豆漿，在春季真的很難得。我按照紙條的命令，慢條斯理地花了許久才吃完，最後還意猶未盡地舔著嘴唇。

雖然只是簡簡單單的兩樣東西，可是卻讓自己感覺十分滿足，渾身充滿了少有的活力。

走出門，剛出旅館外邊就聽到一陣鬧哄哄的聲音。養馬村的人行色匆匆，腳步不停地向東邊跑著。偶爾有人看到我，神色間居然流露出不耐煩以及微微的敵意。

我皺眉，隱約猜測到了一些事情。

走回旅館的大堂，我找到老闆，問道：「老闆，養馬村今天要趕場嗎？」

所謂趕場，是農村特有的習俗。場，也就是市場的意思，每隔兩天或者三天，農村的人都會聚集到固定的某個地方，將自己家裡產品拿出去賣。

一般拿出來賣的東西很雜，不過價格倒是比城裡的市場上便宜得多。以至於許多城裡的小販就常常朝場上跑，賺取貨物的差價。

老闆搖搖頭，「明天才是趕場的日子，因為今天養馬村發生了一件事。」

「什麼事？」我裝出一副好奇心旺盛的小男生樣子，眼睛裡都充滿了閃閃發亮的火花。

沒辦法，我和趙韻含來時，登記用的都是學生證，而且還謊稱自己是為了準備畢業旅行，而來先行探路的學生會成員。

不過，這種蹩腳而且完全沒有可能性的理由，老闆居然毫不懷疑，而且還很照顧我們。或許中國就是這樣的一個民族吧，對於小孩和學生，總是有著一份寬容。

老闆的面色露出難言之隱的味道，他緊張地向四周看了看，小聲道：「悄悄告訴你，今天一大早就發生了一些事情，村子裡下午就要開長老會議，恐怕是要把村子裡所有的外人都趕出去。

「對了，提醒你那位女同學一聲，最近幾天千萬不要到外邊去到處走動，以免產生不必要的誤會。」

我一聽便明白。大概是早晨有人發現屍閣的門被破壞了，而且其中一具屍體不翼而飛。

養馬村的人對外邊的人研究村人屍體的事情，恐怕早有耳聞，只是苦於沒有證據。發生今天的事，讓他們長久以來憋在喉嚨口的怒氣迅速膨脹，就快要到爆發狀態。

看來最近一兩天，確實要多多小心。雖然我們披著一層學生的外殼，但是誰又知道在這個略有些封閉，而且風俗習慣獨特的地方，會不會拿所有外人開刀呢？

我思索著在臉上堆積起虛假的笑容，「謝謝老闆的關心。那個長老會議，老闆也要去參加嗎？」

「全村所有的男丁都要去，我也不例外。等一下關了門我就走。你們今天最好不要出門。」

我乖巧地點頭，趁他回身的瞬間，將一個很小的東西塞進他衣服的口袋裡，然後笑容滿面地回到二樓的房間，再順著窗戶爬到院子裡，從旅館的後門走出去。

搞不清楚趙韻含一大早跑哪去了，我也沒在意，只是逕直朝養馬河的方向走。

金娃娃的傳說和養馬河一直連結在一起，而假活狀態的產生，雖然我並不是太清楚，但是透過最近幾天直接以及間接的調查，也明白了幾點。

必須是淹死的人。

年齡不能超過十三歲的幼童。

範圍只在養馬村附近，出了周圍十公里，就再也沒有出現過這種怪異狀況。

也就是說，一切的一切，緣由都應該出在這一段的養馬河。難道是最近十三年來，水質或者某些環境產生了變化，導致假活狀態的產生？

但讓自己搞不清楚的東西還是有很多。昨晚，那具屍體發出的聲音，究竟是不是自己的名字？應該是幻覺吧！自己離開這個地方已經十多年了，而屍體的主人不過才七歲，我根本就沒有結識他的可能。

帶著滿腦子的疑惑，我翻過河堤，來到了河床上。由於是早春，養馬河的河水並不多，三百多公尺寬的河道露出了很長的河沿。河沿上放眼望去，全都是鵝卵石，密密麻麻的，什麼稀奇古怪的形狀都有，一直向視線望不到的盡頭延伸。

我順著河床慢慢走，希望能有狗屎運，找到些用得上的線索。走不遠，就看到趙韻含蹲在地上，呆呆地打量眼前的事物。

我童心大起，悄悄地向她身後走過去，想要出其不意地嚇她一跳，沒想到剛走到離她只有五十公分的距離，她開口了：「阿夜，下次你要嚇人的時候，記得找個沒有太陽的日子。」

我一看腳下，才發現自己的影子已經拖到了她腳下。

暗自罵著自己笨蛋，我哼了一聲：「沒情調。作為女生，就應該在某個帥哥想要和自己開玩笑的時候正確配合，這是做淑女的基本常識！」

「那抱歉了。你退回去重新來一次，這次我一定裝淑女！」她回過頭望向我，嘴角流露出促狹的笑容。

我沒精打采地撇撇嘴：「不用了，妳是不是淑女又不干我的事。妳剛才在看什麼？」

「這個東西。阿夜，你知道是什麼嗎？」趙韻含指著身前的一堆石頭考我。

我看了一眼。這是一堆很扁平的鵝卵石堆砌成的石堆，用的鵝卵石正面都很圓。底下粗壯上邊越來越小，呈現塔狀。這堆石頭，一共疊了七層高。

「這是喚魂塔。」我也蹲下身，緩緩道：「據說小孩子的靈魂很脆弱，特別是淹死的孩子，他們的靈魂很容易被水鬼拉走。

「所以養馬河一帶的人，在家裡有十三歲以下的幼童被河水淹死後，一般都會到河床邊堆砌這種喚魂塔，希望能將孩子的靈魂找回來。」

「不愧是有神棍稱號的男人，居然連這麼罕見的風俗都知道得一清二楚。」趙韻含造作地露出滿臉驚訝，用力拍手。

我瞪了她一眼，「妳這句話根本就不含有褒義的成分，算了，懶得和妳計較。妳看喚魂塔看得那麼出神幹嘛？」

「當然是有原因的。」她和我打起啞謎，「問你一個問題。如果一個人拿一張百元鈔票，到商店買了二十五元的東西，不過它的成本價只有二十元。

「店主由於手頭沒有零錢，便拿這張百元鈔票到隔壁的小攤販那裡換了一百元的零錢，並找了那人七十五元。那人拿著二十五元的東西和七十五元的零錢走了。

「過了一會，隔壁小攤販找到店主，說店主剛才拿來換零的百元鈔票為假鈔，店主仔細一看，果然是假鈔，他只好又找了一張真的百元鈔票給小攤販。那麼，在整個過程中，店主一共虧了多少錢財？」

真令人鬱悶，這種強迫對方往自己思路思考的邏輯問話方式，不是自己的專利嗎？什麼時候被她拷貝過去了？

我皺眉略微思考了一下，「九十五元。怎麼？妳想藉著這個問題告訴我什麼？」

「也沒什麼。」大概是自己答對了，趙韻含顯得有點失望，「你的邏輯思考是怎麼看待這個問題的？」

「很簡單。很多人都以為關鍵是那一百元的假鈔。其實主要問題出在最後還給小販的一百元真鈔上，只是很多人都忽略了。」

我一邊回答，一邊試著揣測她的用意，「老闆用一百元假鈔換回了一百元的真鈔，找給那人的也是真鈔中的七十五元。不過他自己還剩下二十五元，雖然最後又還了小販一百元真鈔。

「不過，最後的一百元，是可以和找回的一百元零錢相抵銷。妳不會是想告訴我，眼前的這個喚魂塔，就是一百元假鈔吧？」

「算你猜對了。」趙韻含有些不服氣，她望著我說道：「這就是昨晚抓住你的那具屍體的喚魂塔。」

「什麼！」我的臉色頓時變得煞白，不知為何，心底冒出了莫名的恐懼。彷彿那只冰冷的小手，帶著驚人的力氣，還緊緊地吊在自己的手腕上。

不由自主地向左手腕摸去，我強作鎮定，沉著臉冷聲道：「妳找這個幹嘛？」

「你不覺得奇怪嗎？」趙韻含蹙著眉頭，「你和我都很清楚，趙委並不是淹死的，他應該是死後被人拋進養馬河裡。」

「沒錯，殺死他的嫌疑犯，大概是那個到處向村裡人說趙委掉進養馬河的人。」我疑惑，「不過這關我們什麼事？謀殺一類的案件，我們應該報警才對。」

「我才沒心思管這種事呢。我的意思是，趙委昨晚為什麼會發出和淹死的幼童一模一樣的聲音？這十三年來，還是頭一次發生這種例外。」

我不屑地說：「所謂的例外，不過是沒有發現罷了。妳敢確定這十三年來，養馬村所有幼童死亡三天後，都有人檢查是不是會有假活狀態？或許這種假活，根本就不只在淹死的幼童身上發生。」

趙韻含用力搖搖頭，「我很確定！十三年來，不只養馬村，就連附近三十公里的範圍，只要有人死亡，都有專家進行調查，所以最近幾年才歸結出假活狀態只出現在十三歲以下，在養馬河被淹死的幼童身上，這點毋庸置疑。

「可是趙委的屍體，真的很令人百思不得其解。」

「妳不是會畫符什麼的嗎？妳以前還強迫我喝過符水，怎麼不畫幾張出來，看看能不能將趙委的靈魂請出來？」我蠱惑道。

雖然對她從前強迫我喝符水的事情耿耿於懷，不過，自己曾經親眼見過她用符水，將一個小孩卡在喉嚨上的魚骨頭化掉，雖然不知道原理，但真的很神奇。

她沒有說話，只是輕輕地用漂亮的大眼睛望著喚魂塔，很仔細地打量著。

我見她一副認真的樣子，不禁張大了嘴巴，「妳不會是真的有辦法用鬼畫符喚魂吧？」

趙韻含半睜著眼簾，緩緩回頭望我，笑容十分燦爛，「怎麼可能有喚魂這種事情，那些符只是人家隨便畫的罷了。人家對民俗學超有興趣，鬼畫符也是民俗的一種，你總不會干涉人家的私人興趣愛好吧？」

我看著那張用假的不能再假的笑容掩飾的面容，頓時有些無語。這傢伙，不會真的有辦法喚魂吧？

雖然我不怎麼相信，但男人的第六感總是很強烈地告訴我，她絕對隱藏了什麼不可告人的東西，而且那東西，絕對是剛剛才在本人的提醒下想到的。

搖搖頭，暗自下定決心從今以後要把她跟緊一點。我突然想到了今天的早餐，猶豫了少許，好不容易才結巴道：「對了，那個，今天早晨，謝謝了。」

趙韻含詫異地望著我：「謝我什麼？」

「早餐。」

「什麼早餐啊？我都還沒吃就出門了？你吃了？」她疑惑地眨巴著眼睛。

我的臉色頓時變得十分古怪，「今天早上的豆漿和油條，不是妳準備的嗎？妳還留了紙條……」

提到紙條，我猛地想了起來，紙條上的字跡，並不是趙韻含的！那個字跡自己從來就沒有看過。不過由於當時太高興，也顧不得想那麼多了。

那，究竟是誰為我準備的早餐？難道這個村子還有人記得我，並認出我來？看字跡，那人應該是個女孩子，但是她為什麼不堂堂正正地過來和我相認呢？

唉，不知為何，對我而言，這個村子籠罩的怪異氣氛以及迷霧，越發地濃重了……

第六章 水鬼

這個世界上有許多關於水鬼的傳說，最具有代表性的一個，就是水鬼升城隍。

相傳從前有個叫阿眯的漁人，因家裡有個雙眼失明的老母親，所以四十多歲還娶不到老婆。阿眯對母親十分孝順，每天打來的魚，都要選出一條最好的煮給母親吃。

在阿眯打魚的溪港裡，有一水鬼，他見阿眯是個孝子，便經常幫阿眯驅魚入網，使阿眯天天都捕到很多魚。

後來，阿眯還與這個水鬼結成了朋友，經常請水鬼朋友上船飲酒。談敘間，方知這水鬼是九年前落水而死的老伯。他是個好心的水鬼。

本來，人落水而死成了水鬼之後，三年便可「掠代」。

第一個三年，掠到的是個孕婦，他不忍心掠她一屍二命，便扶她上河，讓她回家。

第二個三年，來跳水的是一母一子，那母親抱著兒子一併跳下河去。水鬼伯不忍心掠他們母子代他一人，便又扶他們母子上河，而且變成一個老伯送他們母子回家。

如今水鬼伯已在水裡浸了九年，他想這次無論如何一定要捉個替身，誰知水鬼伯救了四條生命，感動了觀音娘娘。

觀音娘娘有意試探水鬼伯，便變作一名雙眼失明的老婦，邊走邊哭邊罵兒子不孝，來到河邊便跳下水去。

水鬼伯見這老婦同自己一樣受兒子氣而氣死，很同情她，情願自己浸在水裡永不超生，也不願捉這位老婦人作替身。當即托起老婦，勸她回家。

觀音娘娘見水鬼伯果真有一片救人的好心，便奏知玉皇大帝，封他為當地城隍。

水鬼伯作了城隍後，叫阿眯今後不要再去打魚了。可在廟前賣香燭，以便仍與他作朋友。

不過養馬河畔的水鬼傳說便沒有那麼友好，這裡的代表水鬼是金娃娃。

至今養馬村還流行著一種稱為「魚蝦替身葬」的埋葬方法。據說沿河漁民因在養馬河裡失事，屍體漂沒，家人便取漁網到河裡撈取一番，網中所獲東西或魚蝦，即被認為是死者的替身，取回收殮而葬。

就是這個風俗，出現了一點小小的問題。

在養馬河上，船駛時，忌遇魚和蛇。遇上有蛇爭道橫渡，行船人必須加快船速，趕在蛇未過船頭時搶先駛過去，據說船是龍，龍若鬥輸蛇就要倒楣。

船在行駛時，有魚跳上船，不能抓而食之，而要把牠們放回水裡，且要抓兩把米撒進水中，據說魚是龍王的親戚，跳上船是為了覓食。

還有人說這些魚是水鬼變成的，跳上船是為了試探人心，若貪圖小利，必遭報應。

※　※　※

今天早晨的霧氣十分濃重。趙凡早早便將擺渡的船滑到河的左岸，等待顧客上門。

由於養馬河很寬，能夠通行的橋並不多，而這一段剛好是兩岸交流密集的地方，如果要過橋的話至少要繞十幾公里。許多人貪圖方便，所以這裡的擺渡生意應運而生。

趙凡六年前高中畢業，因為沒有考上大學，也懶得再重考，乾脆接下他老爸的生意，當起了船夫。每天一大早，不到天亮就開始自己一天的生意。

開始時，他老爸怎麼也不願意，說天不亮去河上容易招惹水鬼，到時候命都保不了。趙凡好歹也是個高中生，當然對這種事嗤之以鼻。時間久了，老爸見他活得好好的，也就沒有再理會。

趙凡看了看手錶，才六點一刻。對於早春而言，這個時間天色不過才剛剛亮，由於霧氣很濃，就連五公尺外的地方都看不清楚。

好冷，他縮了縮脖子，跑到船艙裡坐下。

似乎霧氣更濃了，不斷翻滾的白色煙霧帶著冰冷的氣息，不但麻痹了自己的嗅覺、視覺，就連聽覺都受到了影響。

他有些奇怪，今天是趕場的日子，一般這個時候，早就有村人帶著自己的貨物跑去場上占好位置了，可是直到現在，自己一個人都沒有看到。

難道是算錯了日子？還是家裡的鬧鐘壞掉了？

不對！他走出船艙朝天上望了望，透過霧氣，隱約可以看到黯淡的光線。這樣的天色，根據自己的經驗判斷，應該是六點出頭。但為什麼，自己總覺得有些不太對勁的地方？

看看手錶，確實是六點一刻，並沒有搞錯時間。

他坐到船沿上，看著不斷擊打著船身的浪花。猛地想起了什麼，他全身一震，死死地瞪著手腕上的錶。

有問題！絕對有問題。

自己是五點起床的，吃過早飯準備一下，將船開到這裡已經是六點一刻。為什麼等了那麼久，錶的指針還是停留在六點一刻的位置？

手腕上的機械錶，秒針滴滴答答地走著，沒有絲毫停頓過的樣子。好不容易他才發現，不論秒針走得多麼賣力，可分針和時針卻像磐石一樣悍然不動。看來是壞掉了。

趙凡嘆了口氣。又要花錢修理，以後乾脆用電子錶吧，便宜又耐用，比這件據說是祖上傳下來的老古董方便多了。

只是，不知道是不是錯覺。天色，似乎和指標一樣，也絲毫沒有變亮的跡象，依然如同自己剛來時一般黯淡，雖然自己已經來這裡等了至少一個小時了。

突然，從岸邊傳來了一陣陣嗩吶的響聲，異常熱鬧。

他側耳傾聽，很快就聽清楚了，居然是有人結婚，而且這麼早就開始送新娘了。對於養馬河畔的人而言，早晨八點以前送婚是很不吉利的。趙凡暗自禱告，希望這攤生意不要扔到自己頭上。

可惜往往事不如人願，不想來什麼，什麼偏偏要找上門。

喧鬧的嗩吶聲越來越近，白色的霧氣中，黑色的人影如同從天的盡頭冒出來般，一串串地往這邊走來。

頭痛，儘管千百個不願意，趙凡也沒辦法拒絕送上門的生意。倒楣就倒楣吧！

他將木梯子推到岸上，看著越變越大的身影，等看清楚了，卻不由得愣住了。

這些人還不是普通的古怪，所有人都是一身黑，只有腰上繫著一條白帶，而且，還將臉緊緊地蒙起來。

只有人群最中央的新娘一襲紅衣，薄薄的紅色蓋頭蓋住了嘴臉，不過卻能隱約看出五官的輪廓。雖然朦朧，但是絕對是個大美女。

他不由得開始羨慕起新郎。不知道是哪個該死的幸運兒，竟然能娶到如此漂亮的絕色尤物。自己孤家寡人已經六年多了，二十四歲的男人，在鄉下地方，早就到了結婚的年齡。可惜用膝蓋想，也明白自己永遠都沒有機會娶到這種美女。

拋開極度不平衡的心理，趙凡看著那行人緩緩地魚貫上船。這些人雖然古怪，但是卻很懂行規。

在養馬河上搭船的乘客也有禁忌。

如果船上載有新娘，新娘就得打傘，傘柄上懸一串豬肉。船靠岸時，如果又有一位新娘要乘船，那麼，這兩位新娘不能不打招呼就走，應該各自從自身上取出一塊手絹，交給伴娘互相交換。如果沒有伴娘，兩位新娘就要自己親手交換，表示互相祝賀。

這位新娘上船後，不慌不忙地撐開紅色的竹傘，掛上鹹豬肉，靜靜地站在船頭。河風吹拂在她薄薄的紅色衣裙上，不斷蕩著，美得猶如墮入凡塵的仙女。

趙凡不經意地瞥了一眼，不禁看得痴了。

好不容易在這種多霧的天氣過了河，其中一名黑色衣服的人隨手給了他一個大紅包。暗自用手捏了捏，很厚，看來不會太少。

送親的隊伍下了船，新娘剛要坐上轎子，沒想到遠處又響起另一陣嗩吶的聲響。

不會吧，又是隊送親的。今天究竟是什麼日子，怎麼這麼早就有兩隊人馬，迫不及待地要把自家的女兒送出？

趙凡好奇地往遠處望，霧氣裡，第二個送親的隊伍走了過來。他們的打扮居然同樣是黑衣白帶，就連人數都和第一隊的一模一樣。

靠近河岸的送親隊似乎有些緊張，他們看著對面的人走過來，和自家的新娘擦肩而過。就在那一剎那，兩個新娘都像很不屑對方一般，同時偏過頭去，就連互相送手帕的風俗都免了，那副針鋒相對的樣子，像是隨時都有可能打起來。

接著第一隊的新娘走遠了，第二隊的送親隊伍如同剛才的形式上船，撐開傘，掛上鹹豬肉。也如同剛才那隊一樣，整個過程沒有人說過一句話、發出一點聲音。

這次的新娘也是一襲紅衣，面紗下的臉孔同樣朦朧，同樣的美到超凡脫俗，但卻是另一種風味。

如果說第一位清純得猶如百合的話，這一位就是丁香，似乎渾身有著很清新的香味，但是偏偏沒辦法準確聞到。

十多分鐘後，船平安地回到對岸。迎親隊伍一個接著一個下船，但卻沒有人提到支付船資的問題。他有點急了，拉住了最後一個人。

那人似乎明白了他的意思，依然沒有說話，只是向旁邊指了指。

趙凡下意識地低下頭，只見冰冷的養馬河的河水裡，船的不遠處居然有個金光閃閃的嬰兒形物體，似乎伸手就能碰到，那種光芒，大概只有黃金才能散發出來。

這次發了！恐怕買房、娶老婆的希望都能實現了！

趙凡再也顧不上要討少得可憐的船錢，他拚命地俯下身子，將手伸入河水裡。冰冷的水中，手很快就移動到了金子的位置，就快要碰到了。只是他的大腦此時絲毫沒有分析過，金子是金屬，遠比水的密度要大得多，怎麼可能浮在水中央呢？

慾望強烈地熾熱起來，拿到了！就要拿到了！他欣喜若狂，但就在手將那個物體握在手中時，卻愣住了。

那種觸感，並不太像金屬，滑溜溜的，很怪異，似乎是個人的手臂！

來不及多想，在大腦發出的強烈警鐘下，他下意識地想將手縮回來……可惜再也沒有這個機會了，那個金光閃閃的物體一口死死地咬住他的胳膊，用力將他拽到了河水裡。

岸上，被紅色頭巾蓋住的新娘，她的嘴角，似乎露出了一絲燦爛的微笑……

※　※　※

毫無收穫的一天很快地過去，夜晚降臨了。我和趙韻含坐在床上對望，默默無語。

「今天你有沒有什麼收穫？」趙韻含明顯感覺氣氛單調，先開了口。

我搖頭，「線索還沒有回家。」

「什麼意思？」她不解地追問。

我疲倦地笑了笑：「我把一支很小的數位錄音筆，塞在旅館老闆的口袋裡，他回來了，我們就知道養馬村的長老會議上，他們究竟決定怎麼對待外來人了。」

「我想他們十之八九會把外地人趕出去。」趙韻含不抱希望地說。

我不置可否，掏出早晨壓在油條盤子下的那張紙條，漫不經心地看著。

「你還沒想到，今天的早餐是哪個美女為你做的嗎？」她望了我一眼。

「換作是妳，妳能用什麼方法，判斷一個在少年時已經離開了十三年的地方，會有誰能夠認出妳？而且還很神秘地潛入妳的房間，在不留名的情況下幫妳送早飯？」

「這就有點費力勞心了。」趙韻含的語氣十分悠閒：「說不定是那天跟你一起回來的女孩呢。雖然我沒有見到，不過，你不是信誓旦旦的說她確實存在嗎？」

「說實話，我自己都開始懷疑她是不是自己的一種錯覺了。」我搖著頭苦笑：「畢竟那麼純淨漂亮的女孩子，總給人一種非常縹緲、難以抓住的感覺。這樣的人在現實生活中，真的存在嗎？」

「這就要問你自己了。」她慵懶地伸了個懶腰，「阿夜，明天我們去趕場吧。」

「妳嫌現在發生的事情還不夠多嗎？」我瞪著她。

她卻笑得十分神秘，「這你就不知道了。反正在養馬村也找不出什麼有效的線索，還不如跑出去轉換一下心情，說不定能發現什麼被忽略的東西。」

「算妳這條理由還說得過去。」我想了想，似乎真如她說的那樣，在養馬村根本就沒有任何進展。

原本是來調查假活現象的，但卻在一個本不應該出現那種狀態的孩子屍體上見識到了，害得自己現在完全沒有任何明顯的目的，也對朦朧的現狀理不出絲毫的頭緒來。

唉，真的很麻煩，早知道就不來這個鬼地方了。

樓下傳來一陣咳嗽聲，很熟悉，我和趙韻含對視一眼，線索，終於回來了。

用了許多種花招，好不容易才悄無聲息地將數位筆偷回來。我們躡手躡腳地回房間，然後有選擇的將全程聽了一遍。聽完後，又默不作聲地坐到床沿，細細將得到的東西各自分類。

不得不承認趙韻含智商極高，她的思考速度完全能跟得上我的節奏，對細節的整理甚至比我更加迅速。

將得到的東西消化好後，依然是她先開口：「沒想到昨晚消失的屍體，不只那個被熊咬死的中年傻瓜，還有出現過假活現象的趙委。你看有沒有可能，昨晚將屍閣的門弄壞並且跑出去的，就是那個中年人的屍體？」

我皺了皺眉頭，「妳的意思是他並沒有死，只是被熊壓到窒息罷了？晚上醒過來後發現自己被放在屍閣裡，害怕又恐慌下，以常人遠遠不能達到的速度跑掉了？」

「你昨晚不是已經分析過，那種情況不是一個人能夠做到的嗎？我的意思是，跑出去的只是屍體！」

我有些難以理解，「妳的意思我不懂，單一的屍體怎麼可能自己跑出去？」

「民間不是有一種形容屍體自主行為的名詞嗎？」趙韻含壓低了聲音：「譬如說，屍變！」

「荒謬，不合理，這種說法我實在無法苟同！」我大搖其頭，一副難以置信的樣子。

趙韻含頓時有些氣塞，「夜不語，我說你也老大不小了，怪異莫名的事情也遇到過不少，但是怎麼就老是一副死腦筋，總不信這世界上有鬼呢？」

「我承認世界上有許多不可思議的事情和地方，雖然它們無法用科學解釋，但總會留下一些可以用邏輯思考的地方，屍變這種東西實在太荒誕了。」

她氣得說不出話來，嘆了口氣，「有時候我真的想知道，你的腦袋究竟是怎麼構成的。好奇心旺盛，一方面對神秘的事情感興趣，一方面又不斷否定它們，就算它們真實的發生在眼前，也能立刻用狗屁不通的所謂科學解釋來自我欺騙，你這人實在太矛盾了！」

「我的性格就是這樣，妳管我。」我哼了一聲。

「算了，我才懶得管你。我回房間睡覺，再見。」她咬著嘴唇，用力拉開房門走了出去。

我看著她的背影，苦笑。

每個人都有自己的思考方式以及不斷變化的觀點，自己信不信是自己的事情，她那麼生氣幹嘛？

看看手機，已經十點一刻了。我用力躺倒在床上，突然感覺很累，非常累，也懶得洗漱，就這麼閉上眼睛，睡著了。

然後自己又作了那個奇怪的夢，那個夢依然十分朦朧不清晰，很多細節都令人無法記住。只是隱約的覺得，那個夢的場景是個很長很長的河床，四周滿滿地堆積著大大小小的鵝卵石，有個女孩站在我的身前，拚命想要向我傳遞某種資訊。

可是，我還是看不清那女孩的模樣，也聽不到她的聲音。只見到她的嘴巴不斷地開合著。

不過這一次，我似乎能夠稍微讀懂她的唇語了。她像是在呼喚我的名字，又像是在求我快點離開。

每當我覺得自己快要明白的時候，夢就會如同被外力突然掐斷一般，我也莫名其妙地清醒過來。

我用力揉著眼睛，想要睜開，但是痠痛的感覺卻令自己很不舒服。懶懶地在床上繼續回憶那個怪異的夢境，直到絲毫想不起更多的細節，我才掙扎著從床上坐起來。

看看手機，又是二點四十一分，和昨天醒來的時間一模一樣。自己是不是生病了？我摸著額頭，感覺大腦越來越清醒，這種情況，真的有點病態。

走下床，與昨晚的行為模式一般地進入浴室，在洗臉台用力地將冰冷的水潑到臉上。我下意識地向鏡子望去，還好，鏡子裡什麼也沒有，更沒有出現昨晚的恐怖怪臉。

放心地轉身準備再去睡個好覺，就要走出門，我卻猛地停住了腳步。

不對！鏡子裡怎麼可能什麼都沒有！浴室的鏡子明明正對著窗戶，應該能夠透過玻璃看到外邊的樹影。退一萬步，就算沒有窗戶沒有樹，至少也能準確地映出鏡子正對面的景物，怎麼可能什麼都沒有，如同白紙一般空白！

我感覺一股惡寒從腳底如同電流一般竄滿全身，寒毛恐懼得豎了起來。身體的肌肉僵硬，怕得一動也沒法動。

幻覺，一定是幻覺！所謂的靈異現象，哪會那麼頻繁的出現在自己身上！

我吃力地回過身，一步又一步地向洗臉台走去，每一步，似乎都用盡了所有的力氣。來到鏡子前，我幾乎已經脫力的快要癱倒在地上。

視線接觸到鏡面，鏡子裡，依然什麼都沒有。空白得猶如那裡根本就是個不屬於我理解範圍的存在。

我死死地盯著鏡子，用力到眼睛都快瞪出血來。

空白的鏡子裡似乎開始出現東西。是一個黑影，它慢慢變大，變成了一個大概的輪廓。清楚了，越來越清楚，是個腦袋，人的腦袋！那副尊容，根本就是昨晚出現的中年男子。

我再也支援不住，大腦一片空白，「啪」的一聲又暈了過去。

第七章 八音石

「知道什麼是ＥＶＰ現象嗎？」

一大早我就敲開了趙韻含的房門，她聽我慌慌張張地將昨晚的遭遇講完，不慌不忙地問了一句。

我不知道她想說什麼，只好喝了口茶，順著她的方式走下去，「妳是說Electronic Voice Phenomena 超自然電子雜訊現象？」

「沒錯。」她舔了舔嘴唇，「在收音機沒有調諧好時的嘈雜的白噪音中，也許會聽見一個聲音，在電視充滿雪花的螢幕上，也許會看到一張面孔。而這些，都是已經死亡的人的聲音與面孔！這就是ＥＶＰ。

「據說已經死亡的人，可以透過在現代電子設備上產生的靜電干擾或白噪音，來傳遞聲音或影像，從而達到與現實世界溝通的目的。就是最保守的估計，大約有七十億個聲音或影像電子設備，存在於世界各國的家庭中，而這些都有可能發生ＥＶＰ現象的。」

我皺起了眉頭，「雖然在最近二十年中，有越來越多的人開始相信ＥＶＰ現象，而且在Google上搜索『ＥＶＰ』，會找到很多有關靈魂追蹤組織的網站，美國、英國、德國、法國、巴西等等，遍及世界各地。

「並且有許多人聲稱他們已經透過ＥＶＰ現象，跟已經故去的亡者聯絡過，而他們所使用的都是最普通不過的家用電器，那些人甚至將自己捕捉到的訊息發佈到網站上。這些現象一直衝擊著人類對生與死的認知，並且逐漸地相信它。可是，這和我昨晚碰到的事情有什麼關係？」

「其實我們可以同已經故去的親人進行聯絡！而我們所需要做的就是，聆聽……聽過這句話嗎？」

「一九八七年，肖恩．傑克森說的。」我的眉頭皺得更緊了，「問題是，ＥＶＰ關我什麼事？」

趙韻含笑得十分燦爛，「就像剛才提到的，說不定是你的某個親人，正在努力地想要和你溝通呢。」

「放屁，就那個中年男人？那張臉我根本就不認識……」我的話戛然而止，像是想到了什麼，瞇著眼睛，加重語氣問道：「妳該不會是知道些什麼吧？」

「我怎麼可能知道，只是一種猜測罷了。」她面不改色心不跳，從床上跳了下來，「人家要去洗漱了，半個小時後在旅館的大堂集合，我們一起去趕場。真的有夠期待的，人家還是第一次去那種鄉村集市呢。」

我翻白眼瞪著她的背影，心裡卻是思緒翻騰。這個小妮子，絕對知道些什麼，可恨的是，她偏偏不告訴我。哼，走著瞧，我們誰怕誰，總會讓我套出來的！

女人似乎天生就不是守時的動物，至少趙韻含就不是。她說半個小時後會合，但我足足等了一個半小時。

帶著一副臭臉等她終於到了，我默不作聲地從沙發上站起來，朝門口走去。

她燦爛地笑著，挽住我的手腕，可愛地吐了吐舌頭：「怎麼，生氣了？女孩子化妝什麼的本來就很費時間嘛。你以前沒有等過女朋友？」

「我從來沒有過女友。」我哼了一聲。

她造作地驚訝：「不可能，你這麼帥，還滿酷的，怎麼可能沒有女孩子喜歡你！」

「要妳管。」我瞪了她一眼，用力甩開她的手臂，大步向前走。

趙韻含立刻厚著臉皮跟了上來，「怎麼，說到你的傷心處了？」

就在這時，突然有個很小的影子從眼前飛過去，我下意識地緊緊盯著，直到它消失在遠處，眉頭卻不由自主地緊皺了起來。

「你看到什麼了？」趙韻含順著我的視線望去，卻什麼也沒有發現。

「蜻蜓。」我淡然道。

「蜻蜓？」她疑惑不解，「這裡是鄉村，又不是在城市裡，看到蜻蜓有什麼好大驚小怪的？」

「笨蛋！妳以為溫帶地區，二月份會出現蜻蜓嗎？何況是綠頭大蜻蜓。」我呆呆地望著遠處，大腦不知為何有些混亂，「這種蜻蜓，應該在四月底，或者初夏才會長出翅膀。

現在牠們的幼蟲還在某灘水裡游得正高興呢。」

趙韻含這才反應過來，依舊不以為然，「現在這個世界的二氧化碳排放量那麼大，十多年前就開始出現溫室效應了。冬天也越來越不寒冷，蜻蜓不按時節出現也很正常啊。」

「或許吧。」我還是無法釋然，「但是總覺得有種不安的感覺。而且那只蜻蜓很古怪。」

「哪裡古怪了？」

「牠的眼睛晶瑩剔透的，非常漂亮，就像綠寶石，漂亮到讓人想把它挖出來。」

趙韻含停住腳步，用力地看著我，然後用白皙柔軟的小手按在我的額頭上。

「你沒有發燒吧，怎麼剛才的話，就像某個潛伏在城市陰暗角落裡的分屍狂魔。」

我將她的手推開，撓了撓腦袋，一時間無語了。確實，那番話居然會從自己的嘴巴裡吐出來，真的令人難以置信。

不知是我有問題，還是這個村子本身便有問題，一回到這裡就渾身不對勁，雖然自己的感官並沒什麼發現，但就是隱約覺得不對勁，似乎，真有什麼東西在朝自己緩緩靠近……

※　※　※

在農村，通常隔一天趕一次場，而每一個禮拜就有一次大場。

今天是趕大場，路上行人並不算多，畢竟已經過九點了，擺攤的人早就占好了位置。

而想要買東西的人，也早早地跑去挑選新鮮的魚蝦、生菜等等。

我和趙韻含相互無語，想著各自的心事慢慢向前走。過了許久，她忍不住打破了沉默：「阿夜，最近你真的有些奇怪。」

「我知道。」我回答得很乾脆。

「而且你已經不是奇怪這麼簡單了。」她猶豫了一下，這才道：「我不知道怎麼形容。就打個比喻吧，你知道其實女孩子談戀愛的時候所喜歡的那個人，往往不是那人本身，而是喜歡自己對自己規劃出的目標的感覺，就像男人好色一樣，他喜歡的是他自己的感覺。」

「這個比喻太複雜了，我不懂。」

「我還沒說完。我們再來做個試驗，比如你看到一個十分漂亮的美女，她的皮膚細白，所以很想摸一下，當你閉上眼睛去摸她手的時候，就快摸到時，把這位美女的手拿走，換上一隻同樣細白的男人的手，那你告訴我，你得到的感覺是怎樣的？」

我毫不猶豫地答道：「如果那個美女的手我從來沒有摸過，那只會覺得是摸在美女的手上，會自以為是的感覺很舒服。」

趙韻含笑了笑，「完全正確！感覺雖然一樣，但事實上你摸的是某個臭男人的手。所以說酒不醉人人自醉，色不迷人人自迷，懂這個道理嗎？

「所謂的愛，其實就是自己愛上了去愛的那種感受，然後會為之悲哀，會為之痛苦、流淚，但是你都願意去愛。為什麼呢？」

「我明白了，妳的意思是，我最近碰到的怪事，或者看到的東西，都是自欺欺人，是自己想讓自己看到，大腦才會下意識地發出看到幻覺的命令？」我思索了一番。

趙韻含用力搖頭，「你還是沒有明白。唉，算了，當局者迷。其實你看到美女，想要摸她的手，都不是真的，你不過是在摸你自己規定出的那種感覺罷了。」

我聳了聳肩膀，「妳說得我更混亂了。」

「是我的錯。」她苦笑：「我忘了你這個人根本只願意邏輯思考，一切不符合邏輯的地方，都會自動用某些亂七八糟的理由胡亂解釋一番。」

「我看妳才是莫名其妙。」我心裡十分不爽，懶得再理會她，抬頭向小徑的遠處望去。沒想到一瞥之下，居然看見養馬河岸，村人們在默認的碼頭前圍起黑壓壓的一層人牆。

又有什麼事情發生了？我狐疑地和趙韻含對視一眼，快步朝那個方向跑去。

一邊拚命穿過人牆，一邊努力收集資料，好不容易才將事情的大概弄清楚，原來是死人了。

死者叫做趙凡，今年二十四歲。高中畢業後幫自己的老爸在養馬河兩岸擺渡，一做就是六年。平時為人老實，略微有點害羞。

昨天早晨接近六點時開船出門，然後便連人帶船不見蹤影。今天早晨八點過後，屍體突然從小碼頭的木架子底下浮了起來。

我鑽進最內圈，好不容易才看到屍體。雖然用麻布蓋起來了，但還是能看個大概。這個男子高度大概一百七，體形微胖，渾身還在流著腐臭味極重的河水。

他的右手僵硬地向外伸出，生前似乎想撿什麼東西。手腕上赫然有一圈不規則的血紅印記，這是生前遭受到很大作用力後，才會形成的明顯屍斑。

好奇地將屍體頭上的麻布揭開了一角，剛瞥了一眼就被附近的村民趕了出去。

真令人鬱悶，雖然明知道他們是好意，但看那副兇神惡煞的樣子，彷彿我欠了他們一億沒還似的。

「又死人了。」趙韻含看著養馬河奔騰的河水道。

我心不在焉地嗯了一聲。

「死者的尊容還好吧？」她問。

「談不上好壞。只是有點奇怪罷了。」

她立刻來了興趣，「怎麼最近你老能遇到離奇古怪的東西，太讓人羨慕了，快說來聽聽。」

「他臉上凝固著貪婪興奮的表情。譬如說突然讓妳知道自己中了五千萬的大獎，發財了……對，就是妳現在這種表情。」我沉吟道：「妳說一個要死的人，臉上露出這種表情算不算奇怪？」

「他可能是因為某種原因，在興奮狀態下掉進河裡淹死的吧？」她遲疑道。

「不對，絕對是猝死。」我判斷，「不管怎麼興奮，掉進河裡窒息死亡都會經過一段非常痛苦的過程，表情也不會是現在這個樣子了。」

「這樣說來，情況確實很古怪。」趙韻含瞇起眼睛，長長的睫毛在陽光下泛出柔和的光芒，「那，你有什麼看法？」

「資料不夠，沒法判斷。只有等他的驗屍報告出來，想辦法搞到手再說。不然，今天晚上我們再夜探一次屍閣。」

「免了！」趙韻含慌忙搖手，「要去你自己去，人家死也不要再去，恐怖死了！」

「沒膽量。」

「哼，人家是女孩子，要膽量幹嘛！」她振振有辭。

我十分在意趙凡的屍體。他手腕上的印記很古怪，像是手印，但沒有生物有那種形狀怪異的手掌。可是自己偏偏感覺似曾相識，似乎在哪裡見過相同的東西。還有他的船，據說養馬河流域都找遍了，至今仍沒有任何發現。

上船渡到對岸，人山人海的農村市場總算到了。

中國不論在哪裡人都多，特別是農村。在這條稱為市集的街道上，短短一千兩百多公尺的距離擁擠不堪，寸步難行。

我和趙韻含幾乎是一步一步地向前挪動，就被人群擠到快窒息了。

雖然這份熱鬧令人不堪承受，但我們還是玩得很開心。趕場會看到許多早已在城市裡絕跡的物品以及風俗，譬如說猴子舞。趕猴子的人會給圍觀的看官上演一齣十分有趣的鬧劇，非常精采。

還有些地方會賣許多千奇百怪的石頭雕像，只有半尺高，形象幾乎沒有相同的。問老闆，才知道這些全都是金娃娃，買回去擺在灶頭上可以保平安，聽得我和趙韻含捧腹大笑敢情金娃娃還是個灶神！

折騰了接近一上午，孜孜不倦的好奇寶寶趙韻含才想到休息。然後我們找了一家涼麵店坐下來。我要了一碗冰粉，一口氣將它喝到底朝天，好爽。

見旁邊的美女吃相十分淑女，想來一碗涼麵還可以對付個十來分鐘，我開始用視線無聊地四處掃蕩，最後停留在了一個地攤上。

那是個十分普通的地攤，上邊擺著許多石頭飾物等等小玩意兒。這些都沒什麼，吸引到自己注意的是一塊扁平的石頭。它的形狀就像一朵雲彩，上邊有四個圓孔，每個孔都有一個開口，形成了八個凸出的角，整塊石頭呈灰黑色。

我不由自主地走了過去，將那塊石頭拿到手裡。冰冷的質感，表面並不算光滑，似乎折斷過。石頭三十公分長，寬十五公分，六公分厚，給人一種怪異的感覺。

「這是什麼？」趙韻含跟了過來。

「八音石。」我頭也不回地答道。

「八音石是什麼？」

「虧妳自稱就讀民俗系，連八音石都不知道。」我哼了一聲。

「人家學的是民俗系，又不是考古系，幹嘛一定要知道某塊莫名其妙的石頭的名字！」她賭氣地在我手臂上擰了一把。

我瞪了她一眼，「相傳兩千多年前，人們曾經用石頭演奏樂曲。當時有一種韶樂，它的樂器就是人們常說的八音石，敲擊八音石能發出清脆悅耳的聲音，所謂八音石實際上是靈璧石中的一種。

「靈璧石是安徽靈璧縣青石山的一種石灰岩，就是燒石灰的石灰岩。這東西是在商朝時開始使用，大概有三千年左右吧。那時候將靈璧石切成一定的形態，來敲打做樂器。八音石，就是這樣做出來的。」

趙韻含眼睛一亮，「這東西很值錢嗎？」

我搖了搖頭：「我不知道它真正的製造年代，不過應該是後來仿製的。真正的八音石應該至少有三千多年的歷史。

「但是妳想一下，石灰岩是什麼東西，它很容易風化，不可能到現在還保留得這麼完整。就算真的是商朝的，也已經被切成了薄片，值不了多少錢。」

「切，那你看的那麼專注幹嘛！」她失望地偏過頭，開始自顧自地看自己的東西。

我望著手中殘缺不全的八音石，這東西應該至少摔成了三塊，眼前的剛好是中央的位置。握在手心裡，心底湧上一種莫名的熟悉感覺，彷彿似曾相識。

老闆，這塊石頭你是從哪裡得來的？」我揚起頭問。

地攤老闆打量了我一番，見是學生模樣，這才放心地答道：「是個漁民從養馬河裡用漁網撈上來的，你看得上眼，給幾個錢就拿走。」

我遲疑了一下，最後還是將它買下。大概因為長年受到養馬河的水沖刷，八音石碎塊破裂開的稜角部分已經變得圓滑了。

它的側面有殘缺不全的五行字，就是這些字，我卻看得十分入神。

「就，相約定，九十七，何橋，三。這些都是什麼啊，亂七八糟的根本看不懂。」趙韻含伸過頭來看，然後大驚小怪地叫了起來。

「我猜上邊應該是一首詩，只是不知道究竟是什麼詩。」我冥思苦想，「但是總覺得自己應該知道才對，而且這塊石頭，我感覺非常熟悉。在某個時間自己應該接觸過！」

「這就是你買下它的原因？」

「大部分是這個原因，雖然自己也不太明白。但這塊石頭恐怕和五歲半以前的我，有某種程度的關聯。」

「你說得太玄妙了。」趙韻含撇撇嘴，「某人還說女人是最難以理解的動物，我看某人最近的行為，比女人更難以理解。」

我尷尬地苦笑，「妳以為我想啊，最近這幾天我自己清楚，自己的精神狀態不算正常。但不可否認，我來到這個鬼地方後，確實遇到了許多怪異的事情。有的時候我老想，是不是和自己五歲半時失去的那段記憶有關。」

趙韻含挽住了我的胳膊，「那好，本姑娘就勉強做一件善事好了。具體說說，你究竟丟了多久的記憶？」

「可以確定的是半年吧。四歲以前的事雖然不敢說都記得，但是記憶深刻的東西，還是能想起很多。譬如說老姐從我手裡搶走的那顆蘋果，還有她用皮帶打我，打得我額頭血流不止什麼的……」

「停，打住！怎麼聽都像你在單方面的抱怨。你就不能講些別的！」

「哪還有什麼別的，所謂記憶深刻，不是大喜就是大悲。小孩子當然不會辨別什麼大喜大悲的問題，只會記住受傷害的陰影。」

趙韻含用力捂住了額頭，「算了，懶得再聽下去。你家是從什麼時候搬到養馬村的？」

「我四歲多的時候。」

「也就是說，你家在養馬村住了大概一年多，直到你五歲半才搬走？」

「理論上來說是這樣。我丟失的也正是在養馬村最後半年的記憶。其餘的由於自己是小孩子，而且又沒什麼深刻的地方和陰影，也就隨著時間遺忘了。」我回憶道。

「會不會那半年的回憶空缺，根本也是你自己遺忘掉的？」她猜測道。

我立刻大搖其頭，「一聽就知道，妳是從順境中走出來的幸運兒，從來沒有丟失過某段記憶。

「要知道，從當局者的角度而言，遺忘和遺失根本就是兩種不同的感受。前者不會引發絲毫的情緒，但是後者就會令人感覺惶恐，甚至想拚命將那段回憶找回來。」

趙韻含默然，將我的手臂挽得更緊了，「那麼，這麼多年，你痛苦嗎？因為記憶遺失的事情。」

「很少。我是個樂天派，而且又很忙。」我笑道：「只是回到養馬村的這幾天，突然變得很在乎，都不知道為什麼！」

「存在就是合理，總有什麼因素引起了你的不安，只是我們不知道罷了。」她向遠處望去，聲音裡隱隱在發抖，像是明白了什麼。

「阿夜，通常恐怖片的劇情裡，關於失憶都有特定的幾種模式。或許你的失憶就像某些三流電影裡的場景，因為虧欠了某個人，或者給了某個人承諾，現在那個人化為厲鬼，來向你討債了！」

我用力從她的臂彎中將手抽出來，不屑地道：「妳都說是三流電影，現實中怎麼可能出現那樣的事。對了，妳有沒有帶數位相機出來……」

提到相機，我的身體猛地一愣，向趙韻含慌亂地吼道：「我們快回旅館，快！」

「你又在發什麼瘋了？」她不解地跟著我向前跑。

我頭也不回地道：「我想到一件很重要的事情。趙凡手上的紅色印記，該死，我怎麼沒有早點記起來。玉皇大帝，太不可思議了！」

第八章 夢

「妳看，就是這張照片。仔細看看雕像的手臂！」

回到旅館，我拿出數位相機，將在三途川拍下的金娃娃雕像的照片調出來。

趙韻含雖然疑惑不解，但還是順從地認真看著，好一會兒才問道：「這個爪子，有什麼特別之處嗎？」

「當然沒有。」我激動地說：「但問題是，和這爪子一模一樣的形狀，我倒是看到過。」

她略微有些驚訝：「在哪？」

「在那個船夫趙凡的右手臂上。那具屍體的紅色印記，和金娃娃的爪子完全相同！」

我興奮地坐了下來：「妳覺得這意味著什麼？」

「不知道。」趙韻含回答得相當老實。

我搓著手道：「傻瓜，這就代表了金娃娃真的存在！」

她立刻看著我：「你不是不信鬼鬼神神的東西嗎？怎麼現在轉性了！」

「這可不是什麼亂力怪神。」我反駁道：「養馬河流域大多數的原住民，都認同金娃娃是一種水鬼。既然有這種傳說，就一定有依據的存在證據。或許早在幾千年前，他們的祖先曾經親眼看過金娃娃，然後將傳說代代流傳下來。」

「你的意思是，金娃娃是一種生物？」

「沒錯，應該是現今世界還沒有發現的物種，或許在冰河時代以前，就已經在養馬河流域存在了。地質學家曾經考察過，三百公里長的養馬河一億年來，奇跡般地從來就沒有改過道，如果有上古的物種遺留下來，並不奇怪。

「只是由於人類的頻繁活動，最近幾千年，這個叫做金娃娃的物種瀕臨滅絕，在自我保護的本能下，開始隱藏起來。」

趙韻含不置可否：「阿夜，你的想像力太豐富了！」

「那妳說，趙凡手上的那個印記又怎麼解釋？」我大聲說：「以他的面部表情來看，絕對是猝死。他應該是偶然受到金娃娃的攻擊，被它拉進河水中，以至於來不及感覺到痛苦，就已經斃命了！」

她顯然無法認同，搖搖頭：「阿夜，那養馬村出現的幼童溺死後，發生假活狀態又怎麼解釋？」

「或許他們在死亡前或者死亡後，偶然碰到了金娃娃。那種未知的物種身上能夠分泌出某種物質，會不斷活化人類死亡後的大腦，最後在一定的時間觸發假活現象！」我大膽地推測。

「不可能。既然你都說是偶然，會有那麼多偶然嗎？」趙韻含嘆了口氣，「阿夜，現在的問題是，每一個在養馬河裡溺死的幼童，都會出現假活現象。難道他們所有人都碰到了金娃娃？這種偶然也太頻繁了吧！」

我頓時啞口無言，也對，哪有那麼多偶然。但金娃娃，絕對和假活狀態有關！這點自己絕對相信，不過苦於沒有證據。

看來真的有必要今晚再去一次屍閣，將趙凡的屍體好好檢查一次，最好是把瘋子叔叔騙過來，雖然他專攻植物學，但是對分泌物以及激素的研究，在國內也是頂級的。借助他的設備，應該能查出屍體上是否存在有人體以外的，或者未知的分泌物成分！

一想到會發現未知的物種，我就全身興奮。可以猜測的是，在三途川看到的像是夜叉的古老碑牌，應該就是那個本地人稱為金娃娃生物的基本形象。古人偶然看到後，在恐慌下，將牠當作水鬼或者水神供奉起來。

牠應該只生存在養馬河流域，幾千年來本地人逐漸形成的風俗，幾乎都是圍繞著牠轉動。

這樣的案例在全世界各地都有，所謂的圖騰崇拜，就是以居住地附近最兇猛的野獸作為崇拜物件開始的，或許這裡也是如此，那麼可不可以認為，金娃娃本身，便是一種兇猛的獵捕型水生生物呢？

見我想得正出神，趙韻含也懶得打擾我，在房間裡胡亂看著。然後她的視線接觸到了桌子上的某樣東西。

是一個不大的碗，用白色的蓋子密實地蓋了起來。

今天早晨來這個房間時，並沒有發現這個東西。而我一直都和她一起行動，也就意味著，這碗東西並不是我們帶回來的。思索了片刻，趙韻含拉了拉我的胳膊。

「阿夜，你那位細心的淑女又給你送飯來了。」她衝桌子上指了指。

我心不在焉地向她擺手，「鬼鬼祟祟，見不得人的傢伙，這種人送來的東西我才不要。送妳了！」

「你說的哦，那我可要吃了！嘻嘻，先看看有什麼好東西！」她走過去將蓋子揭開，只往裡邊看了一眼，頓時，全身都僵硬起來。

她顫抖著，雙腳艱難地後退，幾乎要癱倒在地上。然後，發出了一陣完全不屬於人類的高聲尖叫！

我猛地抬起頭，走過去一把將她扶住，「怎麼了？」

「碗裡，好……好恐怖！」趙韻含結結巴巴地說著。

我立刻向碗裡望去，接著眉頭全都擰在了一起。

只見碗裡，密密麻麻裝著的全都是蜻蜓的眼睛。綠瑩瑩的，泛出冰冷的光澤，彷彿無數個死者的眼睛，正怨恨地死死盯著我，盯得我冷汗不住地往外冒。

深深吸了一口氣，我用袋子將眼睛連碗帶蓋子裝起來，扔到樓下的垃圾桶裡。趙韻含嚇得躲在被子裡不敢出來，身體還在瑟瑟發抖。

「好可怕，究竟是誰送來的？那人一定很恨你！」她聲音乾澀，「嚇死人家了，現在我的腿都還在不停地哆嗦！」

我沒有說話，只是坐在床沿，一直坐著。然後默默地吃完晚飯，發呆到睡覺的時間，回房，仰倒在床上，閉上了眼睛。

那些蜻蜓的眼睛，自己雖然也感覺恐懼，但更多的是一種熟悉。彷彿曾經也有誰送過相同的東西，只是遺忘在記憶的最深處。

不知道前幾天給我送豆漿、油條的女孩，和今天送來眼睛的是不是同一個人？而那段遺失的記憶，究竟還有多少耐人尋味的地方？此外今天買來的八音石，我似乎曾經看過，甚至擁有過。

沉沉迷霧糾纏在過去的記憶裡，壓得我無法喘息。

隱隱中總是覺得自己有些害怕，難道五歲到五歲半之間的半年，真的曾發生過某些自己不願意記住的事情？或者由於某種外力因素遺忘了？

仔細想一想，似乎從養馬村搬出來後，父母就完全沒提到過在這個地方生活時的細節，甚至根本就不願意提及，也不願意我回到這裡。

由於自己從小到大，常常遇到怪異莫名的事情，注意力也經常被吸引過去，反而忘了自己曾失落過一段記憶，這本來很正常，可是為什麼，現在反而迫切地想要回憶起來呢？

究竟那半年時間發生過什麼？即使有發生，應該也不是什麼記憶深刻的大事吧。畢竟，自己當時不過是個五歲大的孩子，再聰明也做不出什麼禍國殃民、過人一等的事情來。那會不會是父母做過什麼事，然後殃及我呢？

在胡思亂想中我睡著了。那晚，我作了一個夢，很奇怪、很跳躍的夢。

※　※　※

連就連，你我相約定百年。誰若九十七歲死，奈何橋上，等三年。

穿著藍色裙子的女孩，正在紮著辮子。她坐在河邊的石頭上，纖細的身體似乎隨時會被河風吹走。

她將油亮的秀髮梳理到身前，每梳一次就向前看看。秀氣的鼻子襯托著白皙的膚色，粉紅色的嘴唇不時微微輕噘，漂亮得讓人無法轉移視線。

「小夜，這樣梳好不好看？」她的聲音很細很輕柔，就像春風一樣拂入耳道中。五歲的我坐在她對面，心不在焉地點點頭。

於是女孩嘟著嘴巴，用手將我的臉扶到視線可以和她對視的位置，然後繼續梳頭髮。

這一連串行為，小小的我非常難理解，在河邊梳理長髮純粹是沒事找事。不管梳多少次，不管梳得有多好，河風都會在不久後將長髮吹散。

女孩子果然像老爸說的那麼無法理喻，不是說要紮辮子嗎？怎麼到現在都還沒有紮起來？慢就慢吧，為什麼還非要我在一旁看著，就連思緒稍微神遊一下都不行？

女孩黑白分明的大眼睛注視著我，五歲的臉上卻絲毫看不到些許的幼稚。

她見我等得不耐煩，快速將辮子紮好，然後站起身用梳子慢慢地幫我梳理不長的頭髮。新的牛角梳，齒是很鋒利的，所以她梳得很慢很細心，似乎想要將我每一根頭髮都數清楚。

「小夜，人家好看嗎？」

「馬馬虎虎。」

「你喜歡和人家玩嗎？」

「不討厭。」

「那你會一直和人家玩嗎？」

「看情況。」

「人家說的一直，意思是永遠。」她抬起頭望著翻滾的養馬河河水，漂亮的大眼睛變得有些空洞，「永遠，永遠。」

「不知道。」

似乎記憶裡，這樣的對話每天都在上演。有時候真的有些佩服小時候的自己，那麼早就學會打太極，看來俗話說六歲可以看到老，倒是有科學根據。

每次對話進行到這裡，女孩就會不慍不火地問：「為什麼你老是不正面回答人家的問題？」

「哪有，我回答得很認真啊。」我撓著腦袋，「有人上門要債時，老爸就是很酷的這麼回答的。然後當天晚上，我們一家三口就偷偷摸摸地從後門溜走，搬到其他地方住。」

女孩少有的露出微笑，那種甜美的笑容，雖然清淡，卻會令人從心底感到舒服。大概美女的笑，大多都有療傷作用。

她笑著，用紅色的繩子將我梳理好的頭髮拴起來，然後坐到我身旁。

河風吹過，她兩鬢的髮絲總會拂到我的臉上，癢癢的，但那時的自己卻很喜歡這樣的感覺。她的身上有一種甜甜的味道，別人都沒有，害得自己常常懷疑，她是不是在衣服裡藏著什麼很可口的水果。

每當我這樣問她，流露出一副嘴饞的樣子，她總是笑著不語，張開雙手要我搜，等我搜夠了，什麼收穫都沒有，滿臉沮喪時。又會不知道從什麼地方變出一顆又大又紅的蘋果來。

五歲的我當然會很高興，搶過來就大咬了一口。女孩喜歡用手撐住頭，睜著眼睛，笑笑地看著我狼吞虎嚥地將它吃完，然後掏出手巾細心地將我的嘴角擦乾淨。

吃飽喝足後，我們會躺在河沿上曬太陽。她躺在我的左邊，握著我的手，用力地握。

然後瞇著眼睛仔細看著我，像是要將我的樣子印在視網膜上。

「小夜，長大後你想做什麼？」

「不知道。」我打了個飽嗝，「首先要吃飽，要有大房子住。然後有條件的話，就徹底地貫徹懶惰的精髓，每天吃了就睡，睡醒了就玩。碌碌無為過一輩子。」

「好高的目標哦！要怎樣才能達到這樣的標準呢？」她天真地問。

「我老爸說，娶個富婆就行了。」

「富婆是什麼？」

「大概是有錢的老女人一類的生物吧。」

女孩撲閃著大大的眼睛，「那小夜長大後你娶我吧。」

「妳是富婆嗎？」我坐了起來。

「現在還不是。」她挽住我的胳膊，「但長大後人家一定努力工作賺錢，然後你就貫徹吃了睡，睡了玩的宗旨。」

「不要。」我偏過頭去。

「為什麼？」

「因為結婚什麼的，老爸說根本就不是五歲的小孩應該談論的話題。」

「小夜好狡猾，明明是你先提到的。」

「有嗎？我記性不好，不好意思，完全忘了！」

「騙子！」

落日的餘暉開始撒在大地上。寬廣的養馬河如同海一般，被映成血紅一片，很美，我們相互依偎地坐著，望著落日，默默地等天空變得黯淡，這才準備回家。

終於記起來了，那位女孩叫李筱幽，是自己來到養馬村後的第一個朋友，也是玩得最好的夥伴。我們在一起玩過各種遊戲，河灘的每個角落都留下了我們的腳印。

有人說女孩子比男孩更早熟，但五歲的女孩子也會嗎？我不知道，但是對自己而言，筱幽是個很特別的女孩。

她聰明懂事，不論做什麼，只要在一起，視線就從來不會離開我。她做事說話會以我為中心，雖然當時的自己並不明白為什麼，但是卻不討厭。

她比我小一個月，但是很多時候我都覺得筱幽比實際年齡大了很多。

或許是家庭的緣故，她在很小的時候就失去父母，是吃百家飯長大的。可村裡的人莫名其妙地對她很好，看到她都是恭恭敬敬的，把好吃好玩的東西塞給她，然後搖頭嘆氣。

我無法理解村人的行為，不過她有好處，得益的總是我，所以我也懶得想太多。

夢裡的時間不知道和現實是幾比幾，只是感覺太陽不斷出來又落下，而場景總是只有可憐兮兮的幾個。河邊，家裡，河邊，她。

李筱幽在我的夢裡越變越美，她的眼神依然只注視我。吃飯後為我擦拭嘴角，熱的時候替我搧風，下雨的時候為我撐傘，像妻子對丈夫一般，將我照顧得無微不至。

我也安然地享受著她的照顧和關心，享受得那麼理所當然。在那段幾乎一個月看不到父母一次的日子裡，除了睡覺以外，我每天都和她在一起。直到有一天……

雖然那段記憶遺失了，但在夢裡，那是個晚上，李筱幽約了我到養馬河畔，那天的月光特別明亮，是滿月，雪白的光芒如同霜一般凝結在大小各異的鵝卵石上。

原本美麗的景色一接觸到附近大大小小的喚魂塔時，就變得詭異起來。

她背著我坐在離河岸不遠的地方，聽到我的腳步聲，回頭，然後甜甜地笑起來：「小夜，你遲到了。」

「妳又沒有錶，怎麼知道我沒有準時到？」我不服氣地說。

她抬頭看著天空：「是月亮告訴我的。」

「騙人，學校裡都教過，月亮沒有生命，不會說話。」

「人家才沒有騙你。月亮是我的寵物，它總會朝著我的影子跟著我走。」筱幽眨巴著大眼睛，眸子裡閃爍的清澈中，甚至能倒映出我的樣子。

我撇撇嘴，「說謊話的孩子要吞一千根針喔，由於現在是促銷期間，妳一共要吞一千五百根！」

她笑笑的沒有說話，只是站起來，「小夜，我跳一段舞給你看。」

於是她舞了起來，踩著月光，順著河流拍打岸邊的節奏，緩緩跳動著。藍色的裙子在月色下泛出柔和的色澤，裙角在風中飄舞，說不出的飄逸。

她的長髮散開了，舞動在空中，反射著光芒，很美，但卻有一種說不出的黯然。

這支舞是村裡的女孩都會的一種遊戲，但沒有人跳得比她好。她可以跳出各式各樣的姿勢，別的孩子不要說跳，就連看都沒有看過。筱幽似乎從來不在有人的時候跳，除了在我面前。她曾經說過，她的舞，只為我一個人跳，別的人沒有資格看到！

我雖然年齡尚小，但對美醜的辨別能力還是有的。今天的她跳得特別投入，彷彿將生命都融入了舞蹈中。

不知過了多久的時間，她才停下來，細聲細氣地對我說：「阿夜，這支舞蹈的名字叫羅陰魂。過兩天，我就要去跳給大神看了！」

「大神是誰？」我好奇地支著腦袋問。

「不知道。大神就是大神吧，從小我就是村裡人為了伺候大神而養育的。以後我就要去大神住的地方了。」

「那個大神住在什麼地方？」

「那個地方我也很陌生，聽說很漂亮。」

我撓了撓頭，「妳什麼時候回來？」

「我不知道。」她明亮的眼睛中劃過一絲黯淡，「或許再也不會回來了，以後我不能照顧小夜，不能做小夜的妻子了。小夜，你要照顧好自己！」

「不要。」五歲的我，小腦袋第一次感受到了什麼叫做混亂，「我不要妳走，妳走了誰陪我玩？誰給我帶蘋果？我會很無聊的！」

「人家也捨不得你！」筱幽小聲地抽泣起來，她用力地將淚水停留在眼眶裡，堅強地張大眼睛，堅強到全身都在發抖。

「對不起。」

「但妳說過要照顧我一輩子。」我生氣地和她對視：「妳說話不算話。」

她注視著我，瀅瀅的淚光閃爍著：「但是許多事情，由不得我們的。」

「可是我已經決定了！」

她避開我的眼睛，「決定了什麼？」

「長大後要娶妳，監督妳努力工作，供我吃喝玩樂。」我理直氣壯地說道。

她笑了起來，越笑眼淚流得越多，像是河流一般，映著月光，彎彎曲曲地將整個臉都染花了。

筱幽從裙兜裡掏出一塊石頭，輕聲說道：「小夜，知道這個是什麼嗎？」

那是一塊略微呈現橢圓形的石頭，整塊都是灰黑色。上邊有四個圓孔，每個孔都有一個開口，形成了八個凸出的角，很古怪的東西，從來沒有見過。於是我搖頭。

「這是八音石。是我從來沒有見過面的父母留給我唯一的遺物，一直以來我都像生命一樣珍惜著。」

她呆呆地看著手中的石頭，緩緩讀著刻在上邊的詩句：「連就連，你我相約定百年。誰若九十七歲死，奈何橋上，等三年。長老說這是我爸爸向媽媽求婚時的定情信物，是愛情最忠貞、最終極的表現。

「兩個人相愛，所以能同生共死，我爸爸也的確這麼做了，媽媽掉進養馬河裡時，不會游泳的爸爸毫不猶豫也跳了下去。或許他明知道這樣都會死掉，但是，他不願意媽媽在奈何橋上痛苦地等待自己三年吧！」

她擦乾眼淚，望著我：「小夜，你真的決定了要娶人家嗎？」

我毫不猶豫地點頭。

「好，那人家就嫁給你！現在就嫁給你！」

她將手中珍如生命的八音石用力摔在地上，流著淚看著石頭破裂成三塊。筱幽將它撿了起來，將其中的一塊用紅繩子串好，溫柔地掛在了我的胸口。

「這就是我們的結婚戒指。一塊給你，一塊給我。剩下的一塊送給養馬河，讓金娃娃大神為我們做見證！」她的聲音在顫抖，嘴角卻流露著微笑，輕輕將多餘的那塊八音石碎片扔進河裡，筱幽終於大聲哭了出來。

她緊緊地抱住我，死也不放手，像是一放手，我就會永遠從她的生命中消失似的……

那晚，我們倆相互偎依著，在河邊坐了一個晚上。

※　※　※

從夢中醒來，已經是早晨了。

窗外鳥叫聲不斷，我卻因大腦混亂，動也不想動。全身都有一種說不出的疲倦。感覺臉上濕濕的，用手一摸，居然是水，淚水。什麼時候，我，哭了？

第九章 怪聲

「你聽過這麼一首詩嗎？」

吃早飯時，我唐突地問趙韻含：「連就連，你我相約定百年。誰若九十七歲死，奈何橋上，等三年。」

趙韻含搖頭：「很好聽的詞。雖然沒聽過，但應該是在講述一個淒美的愛情故事。」

「嗯，裡邊確實有個小故事。這首詩流傳不廣，出處也沒人知道。但是民間曾經流傳說，它是出自宋朝的官女郭愛之手。」我用勺子輕輕將湯勺起，然後又倒回盤子裡：「聽過郭愛寫的《絕命辭》嗎？」

「知道。」她被我的情緒感染，聲音也低沉下來：「修短有數兮，不足較也。生而如夢兮，死者覺也。先吾親而歸兮，慚予之失孝也。心淒淒而不能已兮，是則可悼也。」

「就是這首。」我眼神空洞地說：「明代的官女大都出自京城門庭清白的小戶人家，一旦被選入宮，就意味著從此與家人生死永不得見，而且明初的宮廷沿襲了元代的人殉制度，官女郭愛被勒令為明宣宗殉葬時，入宮僅二十天。

「《絕命辭》是臨終時所作，字字血淚與父母訣別，自此後魂消影絕陰陽兩隔。

「歷代帝王為一己之私，廣蓄美女，幽閉後宮，不見天日的高牆深院，不知白白葬送了多少女子的青春、幸福和生命。

「如有來世，她們該期望是嫁在一個平凡的人家，上有父母在堂，下有兒女繞膝，縱有才情，也心甘情願在妻職母職中漸漸磨滅，在一菜一蔬、一晝一夜裡延續人間煙火的愛，一天一天、年華老去。但是上窮碧落下黃泉，此生已了。

「據說郭愛在就要去陪葬的前幾天，託宮女將一份書信送給了她曾經山盟海誓過的未婚夫。信中寥寥幾個字，寫的就是《連就連》這首詞了。而她曾經的未婚夫看了後，不知道感到痛苦還是高興，總之大哭了一天一夜。然後在郭愛死後的第二天，在家裡上吊自殺，為她殉情。」

趙韻含有些擔心：「阿夜，你今天是怎麼了？無精打采的，比前幾天更不對勁！」

我輕輕將她伸過來的手撥開，從口袋裡掏出昨天買來的八音石碎塊，說道：「雖然有點莫名其妙，但我確實記起了五歲到五歲半之間的一些事情。這個八音石一共有三個碎片。而我，現在應該已經擁有了兩塊。」

「兩塊？」她詫異地問：「還有一塊在哪裡？」

「應該還在我家。從離開這裡後，老爸就把它藏了起來。如果不出所料，把三塊碎片拼湊好，就會看到上邊刻著《連接連》這首詞。而且，八音石的主人，我似乎也記起來了！」我的聲音中流露著說不盡的黯然。

「主人？是誰？」

「一個比我小一個月的女孩子，很漂亮的女孩子，是我五歲時山盟海誓，長大後要娶的未婚妻。」

趙韻含想笑又不敢笑，「你究竟有幾個未婚妻啊？」

「我也不知道。」我苦笑起來：「但是她不一樣。她送我八音石時，或許就已經清楚了自己的命運，所以來向我告別。」

「阿夜，你說什麼我怎麼不太明白？」她顰著眉頭道。

「韻含，妳不是學民俗的嗎？那妳應該知道，人類歷史上對神靈的崇拜一直都伴隨著祭祀和祭品。當地人稱呼養馬河中的金娃娃為大神，他們每年祭祀，祈求風調雨順，不要出現河流氾濫的災難。」

我舔了舔嘴唇，「但一旦災難來臨，所有的祭品都沒有效果後，人類通常會進行最後一步。這一步，妳知道是什麼嗎？」

趙韻含一眨不眨地看著我：「用活人當作祭品。」

「沒錯。那妳知道，養馬河最後一次最大的河水氾濫，是在什麼時候？」

「十三年前……」她低下頭思索著，像是想到了什麼，猛地抬起頭道：「你的意思是說，十三年前這個村子曾經用活人來祭祀？不可能！這種陋習在宋朝末年基本上就絕跡了。」

「絕跡？哼，人類是一種很奇怪的動物。他們會喜悅，會恐慌，一旦這種生物感到害怕，而且害怕的人占了多數，還有什麼瘋狂的事情做不出來？這種窮鄉僻壤是很封閉的，何況又是十三年前。」

「證據！一切都是你的猜測，證據在哪裡？」趙韻含似乎有些激動。

我大聲道：「我見過受害者。她是我童年的玩伴，也是我山盟海誓的對象，這不算證據嗎？」說完後，自己也覺得自己過分，嘆了口氣，無語地靜靜坐著。

趙韻含望著我若有所失的表情，伸出手來將我的手緊緊握住，許久才放開：「阿夜，雖然我不知道發生過什麼事，但是我永遠都站在你這邊，永遠！」

「這算是一種承諾嗎？」我抬起頭。

「你覺得是就是吧。」

我勉強地笑著：「那，既然已經到了這種程度。我們雙方是不是應該開誠佈公，把對方無意故意，或者有意隱瞞的事情都講出來呢？」

「抱歉，這是兩回事！」她笑得非常燦爛，「說起來，養馬村就要開始驅趕外來者。你說什麼時候會輪到我們？」

「懶得去想，總之車到山前必有路，」我想了想，「現在關鍵就是儘量收集資料。」

趙韻含學著我撓鼻子，「收集哪方面的資料？原本我來是為了調查假活現象，現在感覺調查方向完全變了。就連目前有什麼明確的目的，也差不多忘乾淨了。」

「管那麼多幹嘛。什麼東西都收集一點，說不定以後會變成關鍵情報。」我懶洋洋地靠在椅背上，「雖然我一個都沒有看到，但妳不是常說，這裡隱藏著許多懷有各種目的而來的科學界英才嗎？怎麼不去他們那裡調查一番，說不定會有什麼收穫。」

「你這個建議也不錯。」趙韻含想了想，「那今天我們就自由行動。我去他們那裡肆虐一番，你就到處逛逛，看能不能發現什麼。」

我點點頭，確定了下午會合的時間後便分道揚鑣，各懷目的地遊蕩起來。

※　※　※

漫無目的地在鄉間小路上走著，然後我又來到了養馬河畔。沿岸零星的喚魂塔靜悄悄地立在河沿深處，雖然是白天，但卻令人感覺一股寒意。每個喚魂塔都代表了一個幼小的生命，它比墓碑更直觀。

養馬村建立在養馬河的拐角處，一般龐大的河流拐彎時都會留下肥沃的泥土，所以幾千年來無論洪水如何氾濫，這裡的人都不願意搬走。房屋沖毀了再建，人淹死了再生，就這麼一代又一代地生存下來，形成了獨具一格的風俗。

雖然上游修建了一個極大的水壩，近百年來水患已經很少了。但十三年前，養馬河卻突如其來的氾濫，沖塌了沿岸大量的房屋以及莊稼。

對於那次洪水，至今都沒有調查出原因。科學界眾說紛紜，有人提到是因為養馬河上游的植被大量死亡造成的。

但問題是，如果真的因為植被缺乏形成的水土流失，那麼受災面積會更大。可那一次洪水古怪地只出現在養馬河三百公里的流域，而水流匯入長江後便如同泥牛入海，了無聲息。

按道理，那麼大的洪水匯入長江，將會給沿岸帶來更大的災難才對，更古怪的是，養馬河最上游的水壩，居然完全沒有當時水量猛然增大過的痕跡。

所有的故事，如同最難理解的神秘故事一般，到現今還在引起世界上許多知名科學機構的注意以及研究。

踩在河岸乾燥的鵝卵石上，我呼出一口涼氣。都二月底了，天氣還這麼冷，感覺都完全不像溫帶氣候了。

我順著昨晚的夢，希望能找出十三年前李筱幽砸壞八音石的地方。但由於當時的記憶太淡薄，而那時又洪水氾濫，我實在沒辦法回憶起來。

無聊地坐在岸邊一塊較大的鵝卵石上，我撿起一塊石子扔到河裡。石頭掉入平緩流動的水中，激起了高高的水花。

我看得有趣，一邊企圖回憶起更多從前的記憶，一邊無意識地朝河裡扔石頭，就這樣不知過了多久。

偶然抬頭望著天空，才發現原本明媚的陽光已經不見了。太陽躲入了厚厚的雲層裡，天色頓時變得如同傍晚般黯淡起來，四周的氣氛很壓抑，冷風吹到臉上，讓我不禁抖了一下。

好冷！就算裹緊外衣都會覺得冷。這個鬼地方的天氣，真的有些莫名其妙！站起身準備回旅館，就在我剛要轉身時，突然聽到了空曠的空間中，傳來一陣若有若無的聲音。

是什麼人的呼喚聲？聽聲音，那應該是個女孩子，很甜美，甜美到令人無法抗拒。

我回身向四周掃視，方圓一千公尺，視線可以觸及的地方，什麼人都沒有。用力揉了揉耳朵，我疑惑地深深吸了口氣。但那種聲音並沒有消失，反而更加清晰了。

「小夜，快過來……」

「小夜，過來。」

我跟著來源猛地轉了幾次身，最後才確定，聲音居然來自養馬河中。這實在不算清晰的聲音，好像媽媽的呼喚，又像自己最好的朋友溺水後需要救助，更像是在叫喚我的名字！

我的大腦在聲音中恍惚起來，呆呆地，一步一步地向河裡走去。

鞋子踩進了河水中，迷茫的眼睛裡，似乎能在水底看到一個不大的影子。它一身金光閃閃，炫目得幾乎將視網膜都燒穿了。

我傻傻地繼續向前走，完全忘記了自己不會游泳的事實。河水淹過了大腿，前方河底是個很大、很陡、很深的斜坡，只需要再一步，就會陷入萬劫不復的境地。

就在這時，有只纖細白皙的小手一把死死將我拽住了。

在那一瞬間，我立刻清醒過來。下意識地向前看，眼前的水底哪裡還有什麼金色的東西，只有河水，奔流不息的河水。

回頭一看，自己的救命恩人，竟然是前幾天將我拉出人群的那名小巧秀氣的女孩子。她滿臉緊張地望著我，一直等我完全離開了養馬河水，這才長長地呼出一口氣，驚駭的神色稍微舒展下來。

我的驚嚇並不比她小多少，想到剛才的兇險，至今心臟還在一陣狂跳。

大腦一片混亂，不知道為什麼會神經質地朝河中央走，更不確定，剛才自己是不是聽到過若有若無的聲音，看到過養馬河底的金色影子……

或許，一切都是幻聽、幻視吧！最近的情緒很有些問題，出現這種情況或許也算正常。

但假如不是自己的問題，那麼養馬河中會不會真的存在著某些科學無法解釋的東西？

我用力甩頭，想將一團又一團糾纏到一起的疑惑甩開，然後望向了自己的救命恩人。

她見我看著自己，恬靜地流露出甜甜的笑容，凌亂的黑色秀髮被風吹拂開，可愛得想讓人捏上一把。

「那個……」

我剛想道謝，女孩已經拉住了我的手，用力把我拉到離河岸很遠的地方。這才再次專注地望著我，她漂亮的大眼睛一眨不眨的，清澈的眸子中甚至能倒映出我的影子。

或許是她的眼神過於純淨了，從小到大被人這麼咄咄逼人地盯著的次數也不算少的我，第一次感覺有些害羞。

厚臉皮微微發紅，我躲開她的視線，問道：「妳叫什麼名字？」

她沒有回答，只是呆呆望向我，燦爛笑著。

我為難的用力撓撓頭：「那妳家住哪裡？」

依然不語！令人鬱悶，怎麼和上次見面的情況一模一樣。我嘆口氣，在附近撿了一些乾柴燃起一堆火，將鞋子脫下來烤。

女孩好奇地看著，伸出手指小心地在我的鞋子上戳了戳，然後十分開心地嘻嘻笑起來。

我又嘆了口氣，看來是沒法溝通了。於是沒有再問下去，只是出神地望著眼前的火焰。

最近一段時間的遭遇實在有夠淒慘的，似乎自從來到這個鬼地方後就沒有順利過。

冥冥中，像是有什麼東西在暗中戲弄自己，甚至想要自己的小命。

但是從科學上解釋，又或者出於邏輯思考，一切又像是自己獨自在疑神疑鬼。那段遺失的記憶裡，應該還殘存著某些關鍵，只是一時間沒有回憶起來。

昨晚的夢，究竟是一個好的開端，還是隱藏很深的悲劇開始呢？

不由自主地，我又想起夢中那個叫做李筱幽的女孩。在現在看來，她一定很愛當時的自己吧！而自己當時的想法呢？

時過境遷，已經完全無法揣測了。但是一想到她，心底依然有著一份深切的傷感。

她說自己從小就是被村裡人養來送去伺候大神的。或許養馬村幾千年的歷史中，一直都有這樣的習俗，每一代都會養育一位所謂的聖女，歷代的聖女如果直到老死都沒有遇到水患的話還好，可以無憂無慮地活一輩子，但倒楣的剛好出現水災氾濫，就會被村人扔進養馬河裡當祭品。

這樣的例子，在古時候的中國乃至世界各地都並不少見，只是最近幾百年已經漸漸絕跡，沒想到，愚昧的惡俗在十三年前，還曾在自己的眼前發生過。

當時的自己親眼看到了沒有？這件事是不是造成自己選擇性失憶的關鍵呢？但最近遇到的怪異現象又怎麼解釋？

似乎一切事件的起因，都發生在十三年前那場洪水以後，假活現象也是，實在太令人費解了！

身旁的女孩見我想事情想到出神，很懂事的沒有打擾。她坐到我身旁，將頭倚在我的肩膀上，一臉滿足的樣子。

河風吹過，她兩鬢的髮絲拂到我的臉上，癢癢的，那種感覺，自己並不討厭，甚至有著一絲熟悉。女孩身上有一種特殊的甜甜味道，像是衣服裡藏著某種可口的水果。

這種味道觸動了我心底的某根弦，我猛地全身一震，突然望著她，大聲問：「妳，妳的名字該不會是叫李筱幽吧？」

女孩沒有任何反應，只是抬頭，疑惑地望了自己一眼，然後又舒服地靠在了我的肩膀上。

我苦笑，失望地搖頭。也對，哪有那麼巧的事情，如果李筱幽真的去伺候了金娃娃，怎麼可能還活著？

而這個女孩，恐怕只是把自己錯當成了某個熟悉的人吧。

閉上眼睛胡亂地想著最近的事，等到覺得鞋子差不多烤乾的時候，再睜開眼睛時，女孩已經如同突如其來的出現時一樣，不見了。

內心微微有些失落，原本還想將她帶回去給趙韻含看看，畢竟如此有靈氣，漂亮又秀氣可愛的女孩，不是哪都能見識到。何況接觸了兩次，我至今都猜不出她的真實年齡。

哎，養馬河，就是隨便冒出的一個人都可以充滿神秘，實在是太令人不爽了！

※　※　※

慢慢地走回旅館，吃過飯洗了個澡，等我把瑣事整理完畢後，趙韻含也悠哉悠哉地回來了。

她一進門就滿臉興奮地嚷道：「阿夜，人家有大收穫！」

我讓她進房間，心平氣和地說：「厲害，發現了什麼，說出來讓我評論一下。」

「是假活現象的光碟。」她高興地哼著聽不懂的歌，「我將那些傢伙好不容易整理出來，比較典型的幾張光碟搜刮了回來，興奮吧！」

「看了再說。」我淡然道。

趙韻含很用力地盯著我：「阿夜，你心情不好啊？上午發現了什麼？」

「什麼都沒有發現，只是差點把命丟了。」關於這件事我不想多談，於是迅速轉移話題，「光碟呢？」

「在這裡！」她聰明地沒有問，只是從手提袋裡掏出幾張光碟遞給我。

將光碟塞入ＮＢ，我們默不作聲地盯住螢幕，將所有記錄都迅速流覽了一遍。

這些光碟裡一共記錄了二十七個假活的案例，時間長達十三年。其中沒有任何闕漏，看得出製作者非常地有心。

只是所有假活案例幾乎都大同小異，和幾天前在屍閣看到的差不多。只是沒有趙委的屍體表現那麼激烈罷了。總歸一句話，這些東西學術性價值不錯，但是對我們而言，參考價值並不大。

看完後，趙韻含略微有些失望，「哼，我還以為撿到寶了，結果還是些老生常談稀鬆平常的東西。」

我重重地倒在床上，舒服地躺著，抽空將最近發生的事情整理了一下，問道：「韻含，妳說屍閣裡的兩具屍體，究竟到哪去了？居然現在還沒有找到！」

「以前我們不是討論過嗎？我還是堅持自己的論點！」她睡到我身旁，細聲答著。

「妳真的認為是屍變？」

「難道不是嗎？還是你又有新的想法了？」

我思忖了片刻，「會不會是其他人偷走的？最近老覺得所有事件背後隱藏著某些東西，雖然搞不清楚是什麼，但是我感覺得到，而且這種感覺越來越清晰。說不定一切都是金娃娃搞的鬼！」

趙韻含偏過頭望著我，笑了起來：「你不是猜測所謂的金娃娃大神，是冰河時期前遺留下來的古生物嗎？動物難道還會搞陰謀詭計？」

「人不也是動物嗎？」

「人有大腦，會思考，會利用複雜的工具。其他動物行嗎？」

我注視著她的眼睛，「生物圈中，有些動物早在幾千萬年前就會用簡單的工具了。

在非洲有一種螞蟻，甚至在恐龍時代就學會了種植農作物，會自己培養可以食用的真菌，比人類早了上億年。歷史悠久的生物，譬如說金娃娃，說不定就是智慧生物。」

「太科幻了，我實在接受不了這麼前衛的思想。」

趙韻含用力搖頭，「但是換種方式思考，其實金娃娃就是水鬼，它是淹死的人類不甘心而漸漸聚集起來的怨恨，這些怨恨累積了幾千年，越來越龐大，龐大到了擁有恐怖的力量以及自己的思想。我覺得這種解釋更容易理解一些。」

我無語，實在不知道該再說些什麼。

氣氛稍微尷尬了起來，趙韻含打了個哈哈，識趣地岔開話題：「對了，阿夜，今天我還發現了一張照片，是兩個小孩子舉行冥婚時照的。很有趣，新郎、新娘都只有五歲多的樣子，其中有個小孩很像你喔！」

「冥婚？」我將這兩個字細細唸了幾遍，頓時來了興趣，「照片呢？」

「我剛好順手牽羊帶回來了，給你。」她掏出一張發黃的黑白照片。

我接了過去，饒有興趣地看著。等自己看清楚上邊的景物後，大腦猛地疼痛了起來。這張照片的景物十分壓抑，兩個小孩在舉行婚禮，照片遺留下的瞬間便是拜祖先的景象。拜堂的地方很眼熟，居然是屍閣。男孩子面朝一大堆的牌位，有個身穿黑衣的胖女人用力地壓住他的頭，想要將他按得跪下。

雖然照片已經破損得許多地方看不到了，但我卻很清楚那個新郎是誰，是我，是五歲時候的我……

大腦深處的記憶蠢蠢欲動，終於如同決堤一般淹沒了我。我痛得用力捂住了腦袋，我看到趙韻含在大叫，她拚命地抱住我，嘴裡不斷地叫嚷什麼。

但是我聽不到了。我的視線模糊起來，猶如突然斷電的電視，失去了所有的信號。

第十章　冥婚

夢。

又是夢。

這次的夢實在過於難以形容，難以揣測自己是不是真的在作夢。視網膜上似乎還凝結著那張照片的影子。那個影子帶領我穿越了時空，來到大腦深處一直隱藏起來的記憶中。

對了，我在五歲時確實結過婚，是冥婚。但我的妻子又是誰呢？我要好好想想，應該，會回憶起來的！

※　※　※

有人說，生命中不斷地有人離開或進入。於是，看見的，看不見了；記住的，遺忘了。生命中，不斷地有得到和失落。於是，看不見的，看見了；遺忘的，記住了。

然而，看不見的，是不是就等於不存在？記住的，是不是就不會消失？

對我而言，忘記的東西，似乎能夠開始慢慢回憶了。

「我確實活得艱難，一要承受種種外部的壓力，更要面對自己內心的困惑。在苦苦掙扎中，如果有人向你投以理解的目光，你會感到一種生命的暖意，或許僅有短暫的一瞥，就足以使我感動不已。小夜，這就是為什麼我會喜歡你，比愛我的生命更愛你。」

女孩坐在雪白的牛車上，她穿著雪白的衣裙，飄逸的長髮柔軟地垂下，不時被風拂動。

村人形成的祭祀隊伍很長，但是這一刻停下。整個隊伍都停住了。因為在隊伍必經之路上，有個小小的身影，伸出雙手攔在前方。

那是五歲時的我，我面無表情，牙齒咬得緊緊的，不管眼前的村人怎麼勸都不願挪動一步，如同磐石一般。長老急了，想要囑咐幾個壯年男子將我抱走。

於是，女孩默不作聲地從車上走了下來。她不管任何驚詫的目光，逕自走到我面前。

「我想和小夜說幾句話。」她冷冷地對長老說。

作為祭品的聖女，在獻祭最後一刻的願望是很神聖的，於是長老和周圍的村人都退了下去。遠遠地注視著我們。

「妳騙人。」我瞪著她。

李筱幽恬靜地笑起來，「人家哪有，我早就說過要去伺候大神了。」

「妳沒跟我說是今天。」

「分手的時候見不到面不是更好嗎？至少還有一絲希望，覺得終究會在某一天終究再見。」筱幽的聲音低了下去：「小夜，以前的我不知道自己現在做的哪些是對的，哪些是錯的。而當我終於明白時，才發現，其實對錯根本就不重要。我現在所能做的就是盡力做好每一件事，然後等死。」

「我聽不懂妳在說什麼。」我依然瞪著她，「不過我知道妳騙了我。妳說要嫁給我的，結果居然悄悄地逃婚！」

「人家才沒有。你看，我們的結婚戒指，我到現在還戴著。」她從內衣裡拉出了一條紅線，線的另一頭牢牢地拴著一塊八音石碎塊。

「小夜，你知道嗎？八音石因為能發出美妙的聲音，所以古人也會把它稱為三生石。他們覺得石頭中發出的聲音，是上一世的戀人遺留下的記憶。

「我真的好希望，我和小夜的記憶也能殘存在這塊石頭裡，那樣，你就不會忘記我了。」筱幽的明眸中流出晶瑩的淚水。

小小的我不知道還能說什麼，只是看著她。有時候真的覺得，她遠比五歲的孩子成熟太多。環境讓這個從小就遭受不幸的女孩學會很多，也失去很多。

「我沒有恨過任何人，因為村裡人對我都很好。我不願他們再痛苦下去。」

她轉過身，望著遠處滔滔的洪水，養馬河奔流不息的河水淹沒了無數的田地和房屋，轟鳴的水中不斷有死屍隨波逐流。只是不知道那些人是為了抗洪而犧牲，還是因為措手不及而喪命。

「雖然沒有父親的記憶，但是我在他留給我的信中讀到過一句話：後悔是一種耗費精神的情緒。後悔是比損失更大的損失，比錯誤更大的錯誤，所以絕對不要後悔。但現在，我覺得自己開始後悔了。」

她拉住我的手，她的手很柔軟，卻十分冰冷，她全身似乎都在微微顫抖，「自從和小夜相遇後，我就開始後悔了。我聽過一句話，於千萬人之中，遇見你所遇見的人；於千萬年之中，時間的無涯荒野裡，沒有早一步，也沒有晚一步，剛巧趕上了。

「或許我的命真的很不好吧，剛開始感到自己快要抓住幸福的時候，一切就已經結束了。」

我用力拽住她的手，「妳真的要走？那我怎麼辦？我以後到哪裡去找妳？」

她默然，許久才用沙啞的聲調，緩慢道：「我也不知道大神的宮殿在哪裡，但是八音石會告訴你，我在哪，我在做什麼，我活得好不好，大神有沒有虐待我。」

筱幽露出笑容，很酸楚地笑，「所以不要擔心，總有一天，還會再見面的。」

「哪天？」

「等你再次回到養馬村的那一天，我發誓會出現在你面前！如果我因為意外死掉了，小夜，我會留在奈何橋上，等待你九十五年！」

那天的夕陽很黯淡，景色如同從前聽過的一首無名詩人的小詩。所有的幸福在悲傷，所有的快樂在痛苦，所有的愉悅被紛揚。那位沉默的舞者，用最繽紛的辭藻在憂鬱中涅躲，塵土飛揚，然後，塵埃落定……

女孩重新上了牛車，祭祀的隊伍再次移動。但是從那天起，我就再也沒有見過她。日出東海落西山，愁也一天，喜也一天。曾經以為快樂要有悲傷作陪，雨過應該就有天晴。但是我的雨天過後，依然是雨，憂傷之後還是憂傷。沒有筱幽作伴的日子，每一天都很難熬。

養馬河的水在筱幽去伺候大神後，絲毫沒有退卻的跡象，反而更加大了。洪水沖塌的地方越來越多，人類如同雜草一般死去，沒有任何人關心誰的生命消逝了，只擔心，下一個會不會輪到自己。

來自各地的抗洪組織絡繹不絕，但是在這種龐大的天災面前，卻完全沒有任何作用，白白犧牲的人反而更多了。

在那個非常時期，我常常坐到養馬河畔，望著河水流逝，張牙舞爪地吞噬生命，這些我都不關心，我只是想看看，金娃娃大神的宮殿究竟在哪個地方，自己究竟能不能進去？能不能再看筱幽一眼？

那樣執著的感情，至今想起來，或許幼小的心靈裡，悲傷的不是別的，而是處在萌芽階段，卻已經斷裂的初戀。

洪水久久不退，養馬村的人又開始準備起什麼。直到有一天，老爸將我叫回家，讓我和村人玩一場遊戲，結婚的遊戲。

那個遊戲，便是凝固在照片中的冥婚。

冥婚是中國民間的一種陋習。

通常是訂婚後的男女雙亡，或者訂婚前就已夭折的兒女，父母基於疼愛和思念的心情，要為他們完婚，這就是冥婚。另外，過去認為祖墳中有一座孤墳會影響後代的昌盛，不吉利，所以要替死者舉行冥婚。

這種陋習早在漢朝前就已出現，一直延續至民國初期，甚至現今也時常聽說。宋代時冥婚風氣最盛，幾乎未婚先死者的家人都要為其進行冥婚。

冥婚的儀式混雜了紅、白兩事的禮儀，依當事人的主張不同，形式出入很大。一般來說，冥婚要透過媒人介紹，雙方過門戶帖，命關和婚後取得龍鳳帖。男方放定也是要進行的，一半是真的綾羅、金銀，一半是紙糊的各種衣飾，最後在女方家門口或墳上焚化。

這是人類與人類之間冥婚的習俗，但娶的如果是神呢？

養馬村人費盡心思為我布置的結婚遊戲中，新娘便是金娃娃大神。

夢境中，結婚的那晚下著傾盆大雨，黑色的天幕如同哭泣骯髒的醜臉。

老媽抽泣著為我換好新郎的衣裳。老爸默不作聲地抽著煙，用力拍了我的肩膀，「沒事的，來看看我家小夜多帥氣！不過是場遊戲，又不會少一塊肉，很快就結束了！」

我不知道自己為什麼會被選作金娃娃大神的老公，有村人說是神的旨意，但那個神的旨意究竟是以怎樣的方式傳達給養馬村人的，我至今搞不明白。

總之，當時只有五歲的自己對結婚也沒有明確的認知，雖然說過要娶李筱幽，不過究竟一個人法律上可以有幾個老婆，這種深層次的概念是完全不清楚的。

搞了半天，原來自己早在十三年前就違反了現行婚姻法，娶了大房二房，一共兩個老婆了，更讓人鬱悶的是，其中一個老婆，還是不知是鬼是神的怪異東西。

迎親的隊伍早就來了。他們穿著一身黑衣，腰上綁著一條白帶，吹著淒厲的嗩吶，一直在我家門前吵吵鬧鬧。

老媽把我的小手握得緊緊的，好像一放開我就會永遠離開她似的。

老爸又安慰了她一番，這才將我塞了出去。鬱悶，就一般而言，婚禮應該是女方坐上花轎抬到男方家裡，難道我是入贅？

小小的我穿著黑色的新郎服飾，戴著黑色的帽子，坐上白色的轎子，一路顛簸地任人抬著向打穀場走。

夢裡，轎子也很奇怪，婚禮用的原本是八抬的紅色綢緞大轎。但這頂確是通體白色，白得令人眼睛都花了。初步推測，根本就是祭祀時用來抬聖女的！

雖然已是深夜，但是屍閣周圍搭起很大的棚子，下邊燃著熊熊火焰。養馬村的大人幾乎都來了。見到白色大轎靠近，新娘也迎了出來。

我透過窗戶向新娘的位置看了一眼。發現那居然是一名穿著雪白衣裳的五歲女孩。

是個很清秀的女孩，只是面無表情，呆滯地被長老牽引著向前走。

她手中捧著一個不大的牌匾，我好不容易才看清楚。上邊赫然寫著：新娘金娃娃。

養馬河的洪水已經淹到距離屍閣只有十幾公尺遠的地方，也意味著大半個養馬村都沉入水底。

我緩緩下了轎子，婚禮開始按部就班地進行。長老將我和拿著新娘牌位的女孩領進屍閣。那時的自己從來沒有進過這個擺放死人的地方，透過五歲的幼小眼睛望著屍閣裡邊，我在夢中都不禁感覺心驚膽寒。

原本便已經很陰森的屍閣，每個床位上都密密麻麻地擺滿了祖宗的牌位。而門正對面有幾個比較大的牌位，恐怕是不知道幾千年前的老祖宗。

我和那個金娃娃大神，拜天地，拜祖宗，然後夫妻對拜，最後進了洞房。

所謂的洞房，是一個布置粉刷得全白的房間，白得比瘋人院更勝一籌。

白衣女孩呆呆地坐到床沿，雙手緊緊地抱著我的二房小老婆，金娃娃的牌位。我們就這樣極為白痴的，傻傻地不看對方，坐了一整夜。

第二天，天色剛亮，就聽到屋外傳來興奮至極的歡呼聲，以及喧鬧刺耳的鞭炮聲，洪水，終於退去了！

※　※　※

「這麼說，你早在十三年前就是有婦之夫，而且還娶了兩個老婆？」

將遺失的那段記憶徐徐講出時，趙韻含正在喝水。但一聽到本人娶了金娃娃大神，立刻將喝進嘴裡的液體非常不淑女地統統噴了出來。還好我運動神經不差，躲開了！

「不過，你沒事就好，剛才差點沒有把我嚇死。」她實在算不上雅觀地大笑了很久，好不容易才收斂笑意，捂住纖細的腰辛苦說道。

我狠狠地瞪著她，沒好氣地說：「繼續笑啊，我就知道告訴妳沒好下場！」

「絕對不笑了。對不起嘛，因為這種事誰會想得到！」她可愛地拍手，以為能掩飾令人極為不爽的面部表情，「那後來呢？為什麼你會失憶？」

「這個中間的緣由我還沒有記起來。」我失落道：「應該是洪水退了之後，又發生過什麼事情才對。回去後絕對要仔細地拷問老爸一番，那老傢伙，居然把我隨便地嫁出去！」

「嫁出去？呵呵，這個詞用得絕妙。沒想到金娃娃在原住民的眼裡，居然是雌性。這點在所有的相關書籍裡都沒有記載過！」趙韻含掏出筆記本，在上邊寫寫畫畫了一番，抬頭問：「那，你對自己的小老婆有什麼看法？」

「看法？見鬼的看法！」我大聲道：「我現在倒是很想知道，原住民到底是用什麼方法來選擇聖女和金娃娃的老公！

「縱觀世界上的許多祭祀，他們要用人類當作祭品時，都有一套十分複雜的選擇過程，但養馬河畔對金娃娃的傳說，卻從來沒有提及過。甚至很少有人知道，幾千年來，這裡一直都存在祭祀用的聖女。」

趙韻含思忖了片刻，「確實很令人費解。但我總覺得，那場水患是因為你嫁出去，才會結束的。」

「神經病！怎麼可能？妳有什麼證據？」我聽得一口氣哽在喉嚨口，險些掛掉。

「就憑女人的直覺，以及那場洪水的莫名其妙！」她掰著修長的指頭，「十三年前，養馬河突發洪水，那場驚天的水患只禍及養馬河三百公里流域，動用多方的人力、物力，都無法減輕損失。

「那場災難歷經了三十一天，一共死亡五萬三千零三十九人，失蹤一萬六千七百人，倒塌的房屋和被淹沒的農田不計其數，損失實在難以估計。

「水災前沒有人能預見，而且期間也無法找到水災原因。就算上游的水壩將所有水源都截斷了，可是養馬河流域的洪峰依然不見降低。究竟形成災難的水源到底是從哪裡來的？這一怪異現象至今也得不到解釋。

「而在許多專家預估洪峰至少還要肆虐半個月時，洪水卻突然消失了……這些資料小夜你應該比我更清楚。你認為這說明了什麼？」

我的臉色慘白，心底有了些猜測，可是由於太過匪夷所思，實在無法將它具體地彙集起來。

「這說明了洪水的後邊，恐怕有著什麼人類未知的神秘力量在操控著。養馬河幾千年來的歷史中，像十三年前的情況並不是一次、兩次，說不定，那便是原住民口中的金娃娃大神搞的鬼。

「你說金娃娃是冰河時代甚至恐龍時代遺留下來的生物，但一個生物真的有這種毀天滅地的能力嗎？」趙韻含語氣沉重地說。

我依然不置可否，用沉默寡言來反駁她的論點。雖然在這段時間發生的神秘現象前，自己也稍微有些動搖了。

她輕輕嘆了口氣，「說起來，你的大老婆不是信誓旦旦地說，等你再次回來就會出現在你眼前嗎？你究竟看到過人沒有？」

「恐怕還沒有。」我想起李筱幽楚楚可憐的纖弱身影，雖然和她只是在夢裡見過，自己也沒有戀童癖，但是一回憶起她，心底深處就隱隱作痛。

「以前我曾懷疑過一個和我有兩面之緣的女孩子，最後推翻了。雖然她倆給我的感覺很像。」

「那你覺得，前幾天早晨送豆漿和油條的，會不會就是那個筱幽？」

「不知道。」

「什麼都不知道？最近一段時間我發現，你越來越不像你了。」趙韻含噘起嘴，用雙手撐住頭靠在桌子上，「調查了這麼久，你至少該產生些想法或結論了吧！」

我沮喪地搖頭，「不要說了，我唯一的收穫，就是快成神經病了！以前總覺得任何事情都可以透過自己的雙手解決，可是現在，不但沒有頭緒，而且還陷了進去。

「我實在冷靜不下來！妳沒有發現我每一句話後邊都帶著一個驚嘆號？這四天時間，我幾乎將這輩子的驚嘆號都用光了！」

趙韻含輕輕笑了起來，「你還能開玩笑，證明離崩潰還有一段距離。有沒有想過下一步我們該調查什麼？假活現象我覺得應該丟到一邊，現在著重將十三年前水災前後的事情通通整理一次，最好能找到你大老婆李筱幽的去向。」

「她還能有什麼去向？恐怕已經沉入河底，長年被魚蝦撕咬，現在只剩下一堆白骨了。」

她瞪了我一眼，「你這話怎麼聽起來像是在詛咒不共戴天的仇人。」

就在這時，外邊突然變得喧鬧起來。慌亂的聲音以及示警用的鞭炮聲、銅鑼聲、嗩吶聲響成了一片。

旅店老闆一腳將房門踢開，衝我們大聲吼道：「快逃，洪水來了！」

「什麼洪水？」我和趙韻含的腦筋一時沒轉過來。

店主滿臉的焦急，「管他什麼洪水，總之快逃命。朝西邊跑，衝到山上去就有救了！」

我下意識地轉過頭望向窗外，遠處的地平線，有著白茫茫的一片物體緩緩地向這邊靠近，它反射著太陽的光澤，翻滾出白色的浪花，無聲地衝擊了過來……

第十一章 洪水

洪水來了，如十三年前的情形一模一樣，突然出現在養馬河的其中一段。毫無感情色彩地將房屋沖塌，然後醞釀著威力，沖向下一個受災地點。

想到災難的發源地以及第一個受災點，居然會在養馬村附近。又是沒有任何跡象，沒有任何人發現，當村人看到時已經來不及了。

洪水迅速淹沒了農田、房屋，將小半個養馬村納入河底，衝擊的威力直逼打穀場的屍闍。

旅館就在屍闍附近，這一次的洪峰比十三年前更加猛烈，恐怕屍闍再也不會是災難的分界線。

我猶如無頭蒼蠅一般在旅館中亂竄。

趙韻含急了，「你在幹嘛？不要命了？還不逃！」

「笨，妳沒見到我在找東西！」我頭也不回地繼續找。

「什麼東西？」

「救生圈。我這人完全不會游泳！」

見我回答得理直氣壯，趙韻含實在是無言了，拽住我的胳膊就往外邊跑。

屋外的空氣中布滿濕潤的感覺，略微有些腥臭的河流氣息順著風飄過來，令人很不舒服。四周混亂得猶如沒有規章制度的菜市場，到處都有人亂竄，叫嚷著，哭泣著。有的人在找老公，有的人在找孩子。

更有些人完全瘋掉了，神情呆滯地站立在原地，雙手緊緊地抱著亂七八糟的東西，傻愣愣地等著洪水將自己淹沒。恐怕世界末日也不過如此吧。

我們聽老闆的話，拚命向西邊那個高度不足一百公尺的丘陵跑，河水根本就在和我們作對，跑到哪，它就跟到哪。

漸漸的，鞋子濕了，回頭一看才發現，水已經追至不到兩公尺的後方。而不遠處，正有一浪駭人聽聞的浪頭高聳著居高臨下，撲了過來。

想來是大男人主義的影響，我下意識地將趙韻含用力向前推出去。洪峰從頭頂席捲過來，將我捲入水中。意識的最後，我拚命地睜大眼睛，留戀地想多看這個世界一眼。

但我看到的只有水，還有水中翻滾的雜七雜八的垃圾、樹枝、木頭，以及人類的屍體。那一刻我的大腦有生以來地清晰，自己就算沒溺死，也會被這些雜物擠壓致死。死後的樣子恐怕也不會好看，算了，也沒得選擇了！

自嘲地想笑笑，就在這時，視線中猛地出現了一個金燦燦的東西。它似乎在朝自己移動，我想張大眼睛看清楚，卻被一根該死的燒火棍敲中了腦袋。

很久以前就想過自己會怎麼死亡，那時的我認為，自己不是流芳百世便是遺臭萬年，總之不會平淡，但從沒想過，居然會死得如此沒沒無聞外加丟臉，實在太不甘心了……

※　※　※

我死了嗎？我活著嗎？還是我又開始作夢了？剛剛經歷的洪水，以及一連串的事情都只是自己的白日夢。醒過來，一切就好了。

於是我真的清醒了，捂住還在疼痛的頭，右手用力地撐住身體，坐了起來。

睜開眼睛，我發現自己坐在一處一望無際的河灘上。身下全都是圓滾滾的鵝卵石，雪白，擁擠的靜靜躺著。

自己被沖到了養馬河的哪一段？洪水呢？我掙扎著站起來，稍微掃視四周，頓時全身都驚訝得僵硬了。只見靠近河水的地方，滿滿地聳立著無數的喚魂塔。

喚魂塔幾層，就代表溺水身亡的孩子幾歲。但是這裡的喚魂塔有的倒塌了，有的即將倒塌，沒有任何一個是堆砌完整的。

離自己不遠處還有一個黑色的物體，像是船的形狀，由於距離的緣故判斷不出有多大。我小心翼翼地向那個物體靠近，好不容易才看清，那果然是一艘船。一艘陳舊的柴油動力渡船。

這艘渡船並沒有停靠在岸邊的水中，而是唐突地擱淺在石灘上。斑駁的船身髒兮兮的，看起來和環境很不協調。

我望向天空。天上沒有太陽，也沒有蔚藍色的輪廓，有的只是一層層低矮的烏雲。周圍的氣氛帶著一種驚人的壓抑，令人感覺煩躁無力。來到船前，好不容易才爬了上去，這艘只有十幾公尺長的小型渡船的內部頓時一覽無遺。

船艙裡有著好幾排乘客的簡陋座位，沒有駕駛室，柴油引擎置於船後，旁邊的一個把手便是掌握方向的舵。

引擎上貼了一張照片，我仔細地看了看，不禁愣住了。上邊的人我居然認識，正是趕場那天在碼頭上撈起來的屍體——趙凡。

不是說趙凡失蹤的船一直沒找到嗎，為什麼會在這裡？我又為什麼在這裡？這究竟是什麼地方？

受傷的頭部又開始隱隱作痛，我無力地坐在椅子上，透過沒有玻璃的窗戶向遠處望。十幾公尺外有河水在流動，不論在哪裡都看不到樹木以及動物，就連河邊揮之不去的蚊蟲也消失不見了，真是怪異。

更怪異的是河灘，我用手指在空中比劃出一條和河流垂直交叉的虛擬線，然後朝那個方向望去，沒想到看到的依然是河灘，滿地雪白的鵝卵石，以及用鵝卵石堆積起來的，殘缺不全的喚魂塔。

這樣的景色根本就沒有理由，記憶裡對於養馬河的資料上，也沒有這個地方。不說別的，光看如此數目眾多的石頭，就足夠吸引附近所有的沙石場暴發戶瘋狂了。但這地方居然沒有在任何文獻上有過記載，甚至在出發前看過的衛星地圖上也沒有。

該死，自己究竟到了什麼鬼地方？

一定要找到可以向外界求救的聯絡方法，告訴自己的老爸、老媽，還有一干希望和不太希望自己死翹翹的混蛋們——我還沒有掛掉的消息。

大腦頂著疼痛努力地思索，瞬間便否定掉數個求生、求救的方法。最後想得大腦空蕩蕩的，才意識到無論怎麼樣的方法，對現今的自己而言都完全無效。最好也是唯一的出路，就是從這個一望無際，無數鵝卵石細胞中走出去。或許順著河流走，一直走，總會走到文明世界裡。但那時候自己還有命嗎？

不管了，與其在這裡坐著等死，還不如自己找死。想著我便開始行動，將船上能夠食用的東西收集好，裝到找來的袋子中，然後準備下船。

就在我走出船艙，來到船舷時的那一剎那，猛地被眼前的景象驚呆了。只見剛才還空無一人的河灘上，密密麻麻地擠滿了各個年齡的小孩子。他們穿著完全跨越時代的服飾，聚精會神地蹲在地上，堆著身前的喚魂塔。

究竟發生了什麼事？

我的大腦呆滯，完全在這種出人意料、超出現實的狀況下丟盔棄甲，無法再進行有效的思考，手上提著的袋子也因為驚嚇而掉到地上，食物滾了一地。

許久我才清醒了過來，繼而狂喜。

看來自己並不是到了鳥不生蛋的陌生地方，而是處在文明籠罩的鄉村裡。只是不知道這是養馬河附近的哪個鄉村，他們為什麼會有這種堆積喚魂塔的怪異風俗！

我迅速跳下渡船，向最近的一個孩子問：「小美女，妳能不能帶我去你們的村子？」

那七歲模樣的小女孩沒有說話，甚至沒有回頭看我，只是悶不作聲地埋頭繼續堆砌自己眼前的石頭。我感覺很不舒服，自己似乎忽略掉了某些重要的東西，又試著對周圍的其他孩子說話，終於，我明白了不對勁的地方。

自己再一次驚呆了，全身的骨髓彷彿都凝固了，肌肉收縮，再也無法動彈。

聲音，我居然不能聽到自己的聲音！難怪從剛才開始就覺得四周靜到令人發瘋，但由於來到陌生地方的焦急無助，以及對求生的渴望，反而沒有太注意。

難道自己遇到了Mysterious disappearances〈神秘失蹤〉現象？

一七一一年，四千餘名西班牙士兵駐紮在庇里牛斯山上過夜。第二天，援軍到達那裡時，軍營中營火燃燒著，馬匹、火炮原封未動，而數千名官兵卻全部失蹤了。軍方搜尋了好幾個月，依然全無蹤影。

一九〇三年春天的一個夜晚，加拿大北部的一個小村莊裡，一百餘名愛斯基摩人突然失蹤，而且連村頭的墳墓也被打開，裡面的屍骨不翼而飛，只有衣物、餐具、飲具等生活用品完好無損。

這些統統都歸結為 Mysterious disappearances 現象。沒有人知道那些人去了哪裡，有研究者認為在我們生活的三度空間外，還存在著人類無法感知的第四度空間。

恐怕自己現在所處的位置，就是無數個第四度空間中的其中一個。

難怪至今我都感覺不到餓，也絲毫沒有想要排泄的慾望。

難道自己真的已經死了，現在剩下的，不過是一縷孤魂？這裡根本就是三途川，那奈何橋在哪裡？孟婆在哪裡？

「這裡沒有孟婆，也沒有什麼奈何橋。」身後猛地傳來銀鈴般的笑聲，很悅耳。

猛地轉過頭，這才發現身後不知何時走來一個小女孩，一個很漂亮的小女孩，大大的眼睛，穿著白色的短裙，臉龐白皙沒有血色，長長的黑髮在河風中一蕩一蕩的，卻不會被吹得散亂。

她正笑著，眨巴著長長的睫毛，細聲細氣地說道：「我就知道你會回來的。」

「妳是誰？」雖然是個可愛的女孩子，但在四度空間裡什麼都有可能發生。我帶著戒備注視她，問道。

「我叫穆紅思，是你的妻子。」她的臉上帶著天真的笑容。

「我有娶過一個姓穆的老婆嗎？怎麼就連我自己都不記得了！」我納悶道。

「有，我們有過婚禮。這次你不會再騙我，拋下我離開了吧？」

「我曾經來過這裡？」我更加摸不著頭腦了。

「當然，那時的你好小，還騙了我。」女孩嘟著嘴巴，「不過沒關係，不管你逃幾次，我都會把你抓回來！」

突然間心底冒起了一個匪夷所思的想法，我驚訝地喊道：「妳就是金娃娃！」

「什麼金娃娃？」雖然在疑惑，但她臉上卻依然帶著笑，似乎只有這麼一種表情。

她的笑容雖然甜美，但卻弄得自己不寒而慄。就像再好聽的音樂，不斷地聽，每天都聽，總有一天會聽到想吐一般。

「不要管那麼多了，跟我去玩。」她想要抓住我的手，卻被我下意識地躲開了。

穆紅思不樂意地再次向我抓來，就在她要碰到我的一瞬間，身後已經有一雙手將我緊緊抱住了。

抱住我的手將我用力向後拽，在我耳畔輕聲低語道：「不要跟她走，不然就永遠回不去了。」

不知為何，她的聲音讓我有種信任的感覺。我跟著她拚命地跑，不知道跑了多久才停下來。轉身一看，又是個女孩子。她穿著白色的衣裳，以一塊絲巾將臉孔遮住，看不到樣子。但是，年齡應該也不會超過六歲。

「小夜，你知道正確堆砌喚魂塔的方法嗎？」她走到一堆石頭前，示意我蹲下問。

我撓著頭：「妳是誰，為什麼知道我的名字？」

「你長大了。不過現在不是自我介紹的時候，快點將塔堆起來，不然她就會抓到你。」女孩的聲音中蘊藏著一絲猶豫，「每個人都有一座塔。這就是你的塔，在你五歲時已經堆好過一次。是小夜的話，我相信你可以記起堆塔的方法！」

「我根本就沒有堆過，何況堆塔還需要什麼方法！」

我看著腳下已經倒掉的五層喚魂塔，又道：「喚魂塔一層代表一歲，難道我要堆十八層？用鵝卵石根本就很難堆砌起來！」

女孩抬起頭，透過絲巾望向我，「你只需要重新把這個五層塔堆好，就能回到你的世界。」

「這裡究竟是哪裡？」我敏銳地察覺到，她話中似乎有對這個地方的瞭解。

「我也不知道，清醒過來後就已經在這裡了。」女孩淡然道：「動作快一點，她就要來了。」

在她的催促下，雖然莫名其妙，但我還是蹲在喚魂塔前冥思苦想，也開始試著將塔堆砌來。可是一到第四層，整座塔就會倒塌，無論用什麼辦法都堆不起來。

正要發火，只感覺女孩的雙手緊緊地抓住了我，向我的後方死死盯著，身體甚至顫抖了起來。順著她的視線望去，只見遠處居然起霧了，霧中遠遠傳來了一陣陣嗩吶響聲，異常熱鬧。難道第四度空間也會有人結婚，而且還會送新娘？

在我的疑惑中，喧鬧的嗩吶聲越來越近，白色翻滾的霧氣，黑色的人影如同從天的盡頭冒出來一般，一群群地往這邊走。

「看來是來不及了，沒關係，還有最後一個方法！」身旁的女孩更加焦急了，她用力抱住我，似乎做出了一個決斷：「小夜，不管怎樣，只要你得救，我就滿足了。」

然後我開始覺得暈眩，視線裡，白衣女孩的聲音和身影都在劇烈地扭曲變形。眼前猛地一黑，接著散發出刺眼的光芒。

光芒的另一頭，老爸和老媽，叔叔和阿姨，大姑、大嬸以及七姑、八姨，所有認識和不認識的焦急臉龐，緩緩露了出來……

尾聲

養馬河的洪水來得快，去得也快，但是帶來的災難卻無法衡量。自從冰河時期便形成的養馬河道居然在這次改了方向，而養馬村永遠淹沒在了河底。

在某種概念中，世界上再也沒有從前的養馬河，而新河道流域的村裡，再也沒有出現過假活現象。

趙韻含在醫院親眼見到我安然無恙後，抹掉淚水走出病房，然後悄無聲息地再次從我的生命中消失。

直到現在我也沒有搞清楚假活的真相，但卻有個大膽的猜測，或許那是金娃娃對我的呼喚。回家後在我的拷問下，老爸總算把從前的事情和盤托出，原來我曾經掉入過養馬河中兩次，但兩次都奇跡地沒有死掉。

這老傢伙在十三年前之所以將我扔出去舉行冥婚，完全是貪圖養馬村人送給家裡的豐厚隨嫁品。洪水退卻後，養馬村的人反悔，要將我一併獻給金娃娃大神，然後老爸、老媽便將我偷回去，像從前無數次躲債那般，趁夜溜掉了。

但當時運氣實在不好，劇情也像三流導演製作的三流電影一般，慌亂中我滾下山坡，摔了腦袋，然後失去了為期半年的記憶。

至於養馬河流域流傳的金娃娃，恐怕隨著養馬河的變遷，成為永遠解不開的謎題。就算我的好奇心再旺盛，也懶得去調查。

畢竟，短短幾天發生的事，搞得自己或許一輩子都要留下陰影，太不值得了，何況，誰知道下次還有沒有命逃回來呢？

值得一提的是，這次我是被下游救援的人用撈網拉上來的，和我在一起的還有具女孩的屍體。她將我抱得緊緊的，彷彿一放開就會失去一切似的。

那個女孩便是我在養馬村中，偶然遇到過兩次的清秀美女，雖然不明白她為什麼至死都死死抱著自己，但是在她的身上，我找到了最後的一塊八音石碎片。

寫下這個不算完整的故事，我也猶豫了很久。但是生活中總有些不完美，故事，也同樣如此。

連就連，你我相約定百年，誰若九十七歲死，奈何橋上，等三年。

有個女孩說過，她如果不幸死了，會在奈何橋上等我九十五年。

你呢？你有沒有丟失過某一段記憶？

或許，在某個地方，也有個等待你的人。她或者他，已經默默地站在奈何橋頭等待了你許多年，當你回到那個特定的地方時，她或者他會默默守護你，保護你。

一生一世……

The End

番外・狗

狗作為寵物，在人類的馴化史上已經足足四萬多年。現在許多人都有將狗狗當作寵物的習慣，可是，養在你家的狗，真的是狗嗎？

牠在對你搖尾、逗你開心、排解你的寂寞時。你有沒有想過，如果牠不是狗，你，會怎樣？

楔子

夏天，又到了夏天。夏天總是個讓人很討厭的季節，飛來飛去如同轟炸機般朝你俯衝，吸你血液的蚊子。四處眼花撩亂繞圈的蒼蠅，還有許多不知名的嗜肉小蟲。一切的一切，都令張瑜討厭。

但他最討厭的，還是寵物狗。

「喂喂，那隻狗狗好可憐哦。我們養牠好不好？」于梅扯著男友張瑜的衣袖問。

張瑜厭惡地向後望了一眼，只見不遠處跟著隻流浪狗。應該是吉娃娃，比巴掌大不了多少，耷拉著舌頭，小鹿般的眼睛不停地眨著。

「我討厭狗，當初交往時已經跟妳說清楚了。」張瑜撇撇嘴。

「可牠真的好可憐。你看，你看！」于梅想要蹲下身仔細打量吉娃娃，卻被男友扯住了。

「這傢伙很髒，不知道有多少有害細菌。」張瑜皺眉。

吉娃娃全身骯髒，本該褐色的毛髮似乎被前無良主人染過，可是用的染料低劣，殷紅的顏色東一坨西一坨，就像濺射了點點的血跡般，令人心悚。

「我們收養牠好不好，老公，求你了！」于梅越看越覺得吉娃娃可愛，忍不住搖著張瑜的手臂，使勁兒地搖。

「不行，絕對不行！」男友不停搖頭，雖然全世界所有人都說狗是人類最好最忠誠的夥伴，可獨獨他覺得狗邪乎得很，比貓更可怕。特別是狗的眼神，實在太詭異了。哪怕牠對你搖尾乞憐、作揖打滾，牠不管看你看的有多真誠。可張瑜都老覺得這畜生其實根本不是在看我們，而是在看我們的身後，就像身後有什麼看不到的東西似的。

所以說，他討厭狗，討厭得要死。

「老公！」于梅在張瑜的拉扯下越走越遠，吉娃娃一直乖巧地追著他們，不遠不近地跟著。

「你看這小傢伙多有靈性，一直都陪著我們呢。是不是怕我們出危險？」于梅看了看四周。晚上十點，只有路燈暗淡地照亮著整個世界，一切都顯得陰森而又充滿寂靜。沒有太多行人的大街猶如異域般空蕩蕩的，他們的影子在路燈下越拉越長，最後踩在了吉娃娃的腳下。

可憐的吉娃娃孤零零地邁著步履，飢餓和乾渴似乎令牠無精打采、筋疲力盡。于梅頓時更加心軟了，「養嘛，就養一隻。」

「一隻都不行！」張瑜依舊搖頭。

「你這人的心怎麼就這麼硬。」于梅忍不住罵道，她從包包裡掏出一根火腿腸，撕開包裝將手湊過去：「狗狗，不是我不想幫你。而是有某個人心腸惡毒，乖，去別的地方找一戶好人家養。不要被壞人看到了喔，當心被抓起來做成香肉。」

吉娃娃吃了她手心裡的火腿腸，彷彿聽懂了她的話似的，一搖一擺地離開了。一邊走一邊還回頭望她幾眼，彷彿想記住她。

「不用報恩了。」于梅開著一點都不好笑的玩笑，狠狠地瞪了男友一眼：「你滿意了？」

張瑜一聲不哼，都說生氣的女人難以理喻，最好別搭理。他不知道其他女人性格怎樣，但是以女友于梅而言，在她氣惱時搭理她，純屬沒事自找麻煩。

兩人回公寓，正要開門時，于梅突然感覺有什麼東西在蹭自己的腳跟。低頭一眼，驚訝地險些叫出聲來。

居然是那隻離開的吉娃娃。吉娃娃仰著頭，滿臉無辜，一眨不眨地盯著她看。

張瑜也被嚇了一跳，他難以置信的喊道：「這是怎麼回事，牠什麼時候跟上來的？」

「我哪知道。都說狗有靈性，說不定真的是來找我報恩了。」于梅眉開眼笑，覺得這隻狗很聰明機靈，可愛得很。

「我看是賴上妳要妳養。狗這東西，很沒心沒肺。」張瑜不滿道：「何況，事情有些詭異。我們一路上都沒見牠跟著，而且這裡是十三樓，牠怎麼上來的？」

「爬樓梯吧。」于梅撇撇嘴。

張瑜將視線移動到安全門前，搖頭：「樓梯門還是緊閉的，就算牠那麼小，也擠不進來。」

「切，難道牠還會飛？」于梅不以為然，蹲下身將髒兮兮的吉娃娃抱在懷裡：「看來是注定要養牠了，這小傢伙都跟到了這裡，如果還要扔掉牠的話，實在沒有天理。」

「我把牠扔到社區外。」張瑜不死心地說，他對狗完全沒愛。

「張瑜，我跟你說。你要敢真的丟掉牠，我就和你分手。」于梅憤怒了，她嘟著嘴望向自己的男友：「是養牠還是打包走人，你自己選一個。」

靠，這個不平等選項，真的有選擇嗎？女人這生物，太難以理解了。張瑜張大嘴，啞了半晌，最終還是妥協地嘆了口氣。

不管如何，先養幾天再說。之後再找個時間把吉娃娃扔出去，就當是散步時走丟了。男人如此盤算著。可他從沒想過，自己已經完全沒有希望了。

三天後，當地報紙報導了一則新聞：

春城一社區的十三樓發生離奇凶殺案，一男一女兩人橫屍在房間中。死因撲朔迷離，屍體甚至有被撕咬的痕跡。目前警方調查陷入僵局，疑似連環殺手作案！

1

這世界的親戚關係就像是永遠都掙脫不了的蜘蛛網。

我是夜不語，一個經歷過無數可怕事件的跟良善單純沾不上邊的可憐人。我寫了許多關於自己的故事，今天，我就歇一歇。講講我一個朋友的事情。他叫紙亦聲，也是一個無良作家。跟他的名字一樣古怪的地方，恐怕就要數他的經歷了吧。紙亦聲很喜歡奇怪的事件，只要聽說哪個地方發生了難以解釋的詭異狀況，他必定會如同聞到腥臭的蒼蠅般追過去調查。

他最近就被姨媽叫到家裡。姨媽一邊摸著懷裡的貓，一邊用極為神秘的語氣說：「你表妹芷雅最近很古怪，像是在策劃什麼，神秘兮兮的。」

「比你的語氣更神秘？」紙亦聲愣了愣。表妹全名張芷雅，十九歲，清純漂亮富有活力，只是或許因為年齡緣故，老感覺和她有代溝。所以接觸的就越來越少了！

「亦聲，你從小腦袋就聰明。現在還經常研究些莫名其妙的東西，你替我查查你表妹。」姨媽不負責任的推卸職責。

紙亦聲苦笑著撓撓頭，「不好吧，芷雅也有自己的隱私。」

「隱私，隱私個屁。我就怕她去搞犯罪活動。你要知道，她們這種年齡的女孩經常腦子不清醒，常常就會做些自己都不清楚的事情。」姨媽扠著手，一副預言家的模樣。

「大姨，有這麼說自己的女兒的嗎？」紙亦聲再次苦笑。

「你這個忙是幫呢，還是不幫？」姨媽撇撇嘴：「我跟你說，亦聲，打小我看你長大。你不幫忙的話，我可要逮著你的醜事四處張揚。再說了，我家芷雅從小就穿開檔褲跟在你後邊，最大的心願就是嫁給你。」

「呃，那都是十六年前的歷史遺留問題了吧。」紙亦聲滿頭黑線。

姨媽狠狠瞪著紙亦聲，「再一臉不情願，我就真將芷雅嫁給你了。」

「別，有話好好說。我跟芷雅還沒隔三代呢！」紙亦聲慌忙搖手，自己的表妹漂亮倒是漂亮，就是有些沒心沒肺，甚至有些天然呆。那性格，自己可吃不消：「話說，表妹呢？」

姨媽努了努嘴：「在房間裡呆著聊天呢，最近聊得很頻繁，又是打電話又是整夜聊。搞不懂她想幹嘛！」

「喔，那我進去看看她。」他撓著頭，走到張芷雅的臥室前敲了敲門。

「來了來了！」表妹穿著卡通睡衣，抱怨著拉開門。等看清楚來人後，頓時喜笑顏開，明眸猶如繁星般散發著無數粒子，漂亮的難以言喻：「哇，表哥。你好久沒有來看我了！」

張芷雅用力撲了上來，豐滿的胸部狠狠積壓在紙亦聲的胸膛上，令他無比尷尬。

「坐，進來坐。」表妹拉著他的手，將他推到小床上，瞥了一眼電腦螢幕，關掉，然後才坐到他身旁陪他講話。

「最近在忙些什麼？」紙亦聲不動聲色地瞥了一眼房間。和記憶中不太一樣，但書桌上堆了一大疊資料，甚至還有詳細的地圖。一看就不是跟學業有關的東西。

「瞎忙呢，你要知道，大一生還是挺麻煩的。抽空熟悉學校，敷衍不懷好意的學長。」張芷雅幸福地摟著他的胳膊，掰著指頭數著。小模樣要多複雜就有多複雜。

「最近喜歡上旅遊了？」紙亦聲視線移動到地圖上，A4紙大小，應該是特意列印下來的。上邊還用紅筆畫著許多痕跡，在某個高速的位置，還特意畫了個大大的圈。

「哪有，只是最近加入了一個公益組織，剛好在忙活動的事情。」表妹驕傲地仰起小臉。

「喔，什麼公益組織。」就紙亦聲所知，張芷雅從小就沒什麼興趣愛好，能讓她提起幹勁的機構，還真是古怪。

還沒等表妹回答，桌上的電話響起。她連忙走過去接，神秘地瞟了表哥一眼，這才跑到門外偷偷講話。

紙亦聲站起身，走到電腦桌前。地圖畫圈的部分，是本市一個叫做界點高速公路入口的地方。畫圈，也就意味著目標或者集合位置。怪了，她參加的究竟是什麼公益組織？

張芷雅掛了電話，臉上流露出難以掩飾的遺憾，「對不起啊表哥，難得你來一回，我卻沒辦法陪你。剛才朋友來電話，要出門一趟。」

紙亦聲扭頭看了看牆上的掛鐘，晚上十點四十五，「這麼晚？」

「別擔心，我們人多，沒危險的。我要換衣服嘍，想看？」張芷雅扯了扯卡通睡衣的帶子，故意將雪白有如凝脂的香膀露出來，「啊，對了，先聲明。我可沒有男友，我的心都是表哥的，嘻嘻。」

紙亦聲連忙竄出門，十分無奈。有其母必有其女啊，這母女兩人都是奇葩。和大姨用視線交換了資訊，他聳聳肩，小聲道：「看來芷雅確實在策劃某些事情。」

「所以說嘛，我才擔心地把你叫過來。」被認同後，姨媽居然得意起來。

「可這麼晚了，妳還准芷雅出門？」

「我又沒關她禁閉，她這麼大的人了，想出去是她自己的自由。女孩子管多了，出事的機率更大。」姨媽表情自豪。

唉，紙亦聲頓時覺得自己很累。早就知道大姨經常少根筋，可沒想到神經細胞缺失的那麼嚴重。不管了，先查查表妹究竟跟什麼人會在一起再說。

等張芷雅告別出門後，他便悄悄地開著車跟在她身後。表妹上了一輛日產轎車，隱隱能看到車上坐滿了人。沒過多久，更多的車就在路上不斷滙合，最後聚攏在了界點高速公路入口前。

紙亦聲打開窗戶，用手撐住頭，可是並沒有看出端倪。車越來越多，足足聚集了二十多輛。有人流竄在各個車前交涉交流，最後似乎統一了行動，齊齊駛入高速公路中。

微微皺了下眉，這個組織的活動並不嚴密，而且也很沒次序。或許是臨時發起的，相互之間認識的也不多。

不過，確實有點意思。

2

紙亦聲悶不作聲地跟著車隊開進了高速公路，匯入車隊的最後方。往前開了足足有半個小時，車隊前方的人打了超車信號，然後一腳油門將速度猛地提升到了時速一百四十公里。後邊的車紛紛仿效。

他睜大眼睛，突然看到車隊將一輛貨車圍在中央。貨車上有許多金屬籠子，關著大量無精打采的狗。籠子裡的狗足足有三百多隻，甚至有些種類就連紙亦聲也不認識。結合最近的報導，紙亦聲總算是恍然大悟。自己的表妹沒有參加邪教，卻在最近心血來潮地加盟了某個愛狗協會。

紙亦聲饒有興趣地跟著車隊，看著愛狗者們將貨車逼入休息站。然後組織者憤怒地將貨車司機揪出來，罵聲不絕。

司機完全沒搞清楚是怎麼回事，被罵的狗血淋頭後，懵在了原地。

「表哥，你怎麼在這裡？」正在紙亦聲看熱鬧看的津津有味時，一個清麗柔軟的聲音傳了過來。表妹張芷雅眼尖的透過駕駛座玻璃看到了他，高興地跑了過來：「難道你也加入了愛狗者聯盟？」

說完，她用手指抵住粉紅的嘴唇，一臉奇怪，「不對啊，表哥你出名的不愛小動物。也從來都不養狗的！」

「我只是偶然路過而已。」紙亦聲連忙打斷了她的思考，要被這個腦筋彆扭的女孩猜測到自己在此的原因，不知道她彆扭的神經會彎曲成什麼樣。

「喔，我還以為你在跟蹤我呢。」張芷雅撇撇嘴，一臉失望。

紙亦聲滿腦袋的黑線，她該不會是看出來了吧？

「表哥，等下請我吃宵夜。我先去幫忙處理那些可憐狗狗的事情。」張芷雅看許多愛狗者都湧到了貨車附近，急忙一副八卦神色的也湊了過去。

事情處理得很快，大家湊錢買下全部的狗，沒讓貨車司機為難。可這些明顯營養不良身體有殘缺，甚至瀕臨死亡的狗卻令所有人都犯難了。最終當地的小動物收留中心帶走了一部分，剩餘還算健康可愛的，都被在場的狗狗迷們一分而空，帶回家中飼養。

紙亦聲站在夜色彌漫的加油站，突然感覺有股惡寒湧上了心頭。他猛地轉頭一看，卻什麼古怪的東西也沒發現。一個胖胖的年輕女孩手裡抱著一隻髒兮兮的吉娃娃走進了車裡，神情很是雀躍，彷彿撿到寶似的。

可不知為何，紙亦聲卻覺得那隻吉娃娃有些異樣。牠雖然也在瑟瑟發抖，卻不像是在害怕。牠的眼神，紙亦聲難以形容。

這，真的是一隻吉娃娃嗎？

強烈的第六感令紙亦聲十分迷茫，還沒等他反應過來。抱著吉娃娃的女人已經開車離開了。就連車牌號他也沒看清楚。

或許，只是錯覺吧。哪有隨便看到一隻狗，都會覺得危險的？紙亦聲呆了片刻，輕輕搖頭。職業習慣害死人啊，雖然，他不過是個無良獵奇小說作家而已。

把表妹張芷雅塞入車內，紙亦聲將她送回家，再神秘兮兮地跟大姨解釋一番後，便離開了。

三天後，夜色再次彌漫在這座迷茫的城市。夜色掩蓋下，無數罪惡被掩蓋，也有無數離奇的事件展開。

周倩將洗乾淨的薩摩耶扔到床上，滿足地伸了個懶腰。她今年剛滿二十四歲，單身未婚。周倩五官還算整齊，就是人太胖了，足足有八十公斤。所以至今沒找到男友。其實也並非沒人喜歡她，不過或許是年輕女孩的通病吧，越是單身越緊抱王子公主的夢不放。

女孩隻身在外，所以無聊時，周倩便養狗揮發愛心，排解寂寞。不知不覺間，居然已經養了五隻寵物。

周倩將自己的寶貝從右到左依次數了一次。雪白的薩摩耶和北京犬，身材姣好的大麥町犬和博美犬，以及三天前剛從高速公路休息站領養回來的吉娃娃。

說起這隻吉娃娃，周倩確實驚奇得很。只比張開的巴掌大不了多少，本以為帶回家後會被其他狗狗欺負。可家中的狗狗看到牠後，卻嚇得耷拉著耳朵，躲進角落。懷裡的吉娃娃渾身不停發抖，一副嚇壞的模樣。但家中的狗狗為什麼也會有那麼劇烈的反應呢？

周倩不明白。三天過去了，她更是摸不著頭腦。

如果說大麥町犬、北京犬和博美犬會怕吉娃娃，或許還勉強說得過去，畢竟這三隻犬種被馴化的性格都磨光了。可薩摩耶不同，這種以西伯利亞游牧民族薩摩人命名，具有忍耐力與健壯的體格而聞名的犬類還留有野性，偶爾對著小型動物都會攻擊狂吠。家裡的老鼠差不多都是被薩摩耶咬死的。

可是面對這隻吉娃娃，薩摩耶卻彷彿遇到了天敵。整整三天，不敢大聲叫，不敢張揚地在房間裡走來走去。背上的毛隨時都聳立著，餘光一瞥著吉娃娃，就低下頭躲進屋子最偏僻的角落。

所以周倩十分好奇，這隻吉娃娃，難道只是看起來像吉娃娃。其實並不是吉娃娃，而是某種攻擊性很強的犬類？女孩不止一次猜測，可三天的時間，卻看不出任何端倪。

吉娃娃依舊可愛柔順，即使被她擺弄來擺弄去，也看不出絲毫不耐煩。雖然家中其餘四隻狗不敢跟吉娃娃混在一起。可周倩倒是越來越喜愛牠了。

第四天，北京犬莫名其妙失蹤了。周倩在社區裡找了很久，最後只能在布告欄中貼尋狗啟事。

第五天，大麥町也失蹤了。

周倩很苦惱，她進出大門時都小心翼翼地將門關好，在家裡也到處找了找，可卻找不出任何狗狗失蹤的端倪。就算如此注意，博美也在第七天不見了。

家中只剩下恐懼得快要發瘋的薩摩耶和小巧迷糊的吉娃娃。周倩懷疑有人在附近偷狗，專門去警局報案，不過警方並沒有受理。女孩很想在家陪自己的狗，可是畢竟要上班，所以她十分無奈鬱悶。

第十天，在房門沒有任何開過痕跡，兩隻狗也沒有出過門的情況下，薩摩耶離奇的不見了。周倩抱著吉娃娃，心神不寧。她搞不清楚究竟發生了什麼事。就算真的有人偷狗，應該也會在社區周圍或者至少也要等狗狗出門散步時。

薩摩耶絕對沒出過門，可為什麼會消失的無影無蹤？要是偷狗人所為，那麼絕對是入室偷竊，但有誰腦袋秀逗會進民宅偷狗，還僅僅是偷狗？何況放在梳妝台上的貴重物品根本就沒有遺失，一個能大費周章進屋子偷狗的傢伙，會不偷金銀首飾？

這更說不過去。

周倩皺著眉，再次將房間搜了一遍，但仍舊一無所獲。就彷彿四隻狗月淡風清、怪誕離奇地消失在空氣裡。

偶然，視線落在蜷縮在沙發上的吉娃娃，周倩猛地一愣。可隨後便自嘲地搖搖頭，狗狗的失蹤，怎麼可能和這隻可憐的吉娃娃有關？輕輕走到落地窗前，望著不遠處布告欄中，自己親手貼的四張尋狗啟事，周倩覺得嘴裡發苦。

四隻狗狗都是她親手養大的，付出的感情和心力比對自己的父母都多。一時間再也找不到了，心裡空虛得難受。

她回過頭，卻發現剛才還在沙發上伸懶腰的吉娃娃已經失去了蹤影。視線移動，怎麼都沒有找到。就在此時，周倩突然感覺腦袋一痛，右側的臉猛地失去了知覺。

她頭重腳輕地往地上倒去。

再然後，便徹底失去意識，再也沒能醒過來。只剩出現在房間一隅的吉娃娃，漆黑的眼珠裡反射著冰冷的光……

3

狂風在屋外嗚咽得厲害，將窗簾拉過來扯過去。紙亦聲坐在辦公室裡查資料，偶然瞥到春城晚報的一則新聞：

昨晚一民宅中離奇發現一具女屍。據警方調查，此人名為周倩，非本地人，二十四歲，獨居。被發現時，周倩屍體已經腐爛，最離奇的是臉部右側有撕咬過的痕跡。疑似遭野生動物襲擊。但是她居住在九樓，什麼野生動物能進去？本報將持續關注。

紙亦聲揉了揉有些乾澀的眼睛，最近春城發生了許多起殺人案件，每個受害者幾乎都跟這個周倩的死因相差不多。屍體死後被撕咬，找不到任何兇手的線索。

放在桌上的手機猛地響了起來，他拿起來看了看，居然是表妹張芷雅打來的。

「表哥，你看報紙了嗎？」她的聲音有些沙啞。

「我每天都看。」紙亦聲心不在焉地回答。

「今天的報紙，不是提到一個叫周倩的女孩嗎？她是我在愛狗者聯盟中的好友，非常親切的一個人。死前，她最後一個聯絡的就是我。」張芷雅傷心地說。

「哦，妳們的關係確實不錯。」紙亦聲敷衍道。

「她說要把自己養的吉娃娃送給我。」女孩感覺到他語氣裡的敷衍，不由大聲道：「我剛從警局裡將吉娃娃領回來，很可愛。比巴掌大不了多少！」

「嗯，嗯。那妳就好好養，不要辜負人家到死都忘不了妳的可怕意志。」他撇撇嘴，將手機夾在耳朵和肩膀之間，用手翻看桌上的資料。

「表哥混蛋！人家那麼傷心低落，只是想聽聽你的聲音。你居然安慰都不安慰我一句，看錯你了！」張芷雅狠狠地掛斷了電話。

紙亦聲無奈地苦笑，他最怕就是安慰人，實在是找不到適當詞彙去開解對方，哪怕對象是自己打小就十分熟悉的表妹。何況傷心這種負面情緒，跟吃辣椒相似，一進嘴巴覺得死去活來的很難扛過去，可過不了多久，也就不過如此而已。

人類，從來都是沒心沒肺的生物。在時間的流淌下，再痛的傷口，也會自我癒合。

他有些索然無味地將資料合攏，站到窗前往外望。春城烏雲密布，似乎有一場暴雨即將降臨。可掩蓋在雷暴下的惡劣狂風，卻鬼哭狼號似的吹個不停。一時間紙亦聲感覺心有些沉甸甸的，不知為何，老有股十分不對勁兒的預感充斥在五臟六腑，難以散去。

難道，跟自己有親密關係的人，有誰會出事？

他搖搖頭，卻沒有任何頭緒。

同一時間，張芷雅已經抱著剛從警局領回來的吉娃娃回到家。姨媽看著這隻比手掌大不了多少的小狗，皺了皺眉：「芷雅，我們家養的寵物已經夠多了。」

「哪有，我們家明明只養了一隻貓而已。」表妹嘟嘟嘴，看著躺在沙發上的黑貓。這隻貓小時候就結紮了，從此後便軟趴趴的無精打采，除了吃就是睡。不知為何，這隻不太愛動的黑貓今天卻有些反常，自從吉娃娃進門後，便如同遇到天敵似的，脊背上的毛全都豎了起來。

黑貓張大嘴，露出尖銳的獠牙，卻一聲都不敢哼。只是不斷發出「喵嗚」的小聲叫喚，黑漆漆的眸子一眨不眨地盯著吉娃娃看個不停。

張芷雅將吉娃娃放到地上，家裡的貓頓時受到刺激，一竄而起，跳到了櫃子頂上死都不願意下來。

「小黑怎麼了？」姨媽有些疑惑：「怎麼感覺牠很害怕？」

「貓天生就怕狗，大概是聞到狗的味道。」表妹滿不在乎地走進洗手間放水，準備幫剛抱回來的狗狗洗澡。

姨媽看著怕得渾身發抖的黑貓，又看了看弱不禁風的吉娃娃，皺了皺眉頭：「吉娃娃的體積，連半個小黑都沒有。小黑會怕牠？我看有古怪。」

「我看是妳不想養，沒關係，小吉利我養，不麻煩您親自動手。」張芷雅已經幫吉娃娃取了名字，不過這個名字顯然很敷衍。

「我看妳養得了幾天，到時候煩了，還不是甩給我。」姨媽撇撇嘴。

吉娃娃小小的身體湊在沙發邊上，渾身顫抖。牠如同玩偶般精緻的眸子裡，倒映著這個家庭的一切。都說狗是色盲，可這隻吉娃娃的眼睛卻似乎將所有顏色都瞅得清清楚楚，牠擺著頭，眼神裡全是徹骨的冰冷和妖異。

當夜，凌晨一點半，社區附近的主幹道上。

護士馮小薇值完班回家，她走在昏暗的街道上，感覺有些害怕。風颳得很厲害，一個人的街道除了風的嗚咽，就只剩下自己高跟鞋空蕩蕩的回音。小薇眼看自己住的社區不遠了，不由得拉緊外套，加快了腳步。

就在這時，她聽到了一陣小動物受傷似的呻吟。小薇驚恐的回頭一看，卻什麼都沒有看到。又往前走了幾步，呻吟聲更大了。她循著聲音的來源找過去，居然在一根電線杆下，看到了一隻可憐的吉娃娃。

這隻吉娃娃只有巴掌大小，可憐兮兮地在冷風中顫抖。牠依偎著電線杆，不斷地呻吟。那呻吟聲看似小，可卻十分有穿透力。至少小薇就沒有想明白，明明周圍的風那麼大，吉娃娃又不在順風處。可她為什麼會將狗狗的呻吟聽得那麼清楚，清楚到猶如就在耳邊。

「好可憐，不痛不痛。」吉娃娃的腿似乎受了傷，耳朵低垂著。馮小薇蹲下身將牠抱在懷裡，「跟主人走散了吧？乖，跟姐姐回家，回去就幫你包紮傷口。」

她將吉娃娃受傷的爪子拉開看了看，並沒有看到傷在哪裡。不過懷裡抱著一隻活物，膽子似乎也大了許多。馮小薇轉入一塊路燈照射不到的陰暗處，突然，她感覺全身都泛起一股惡寒。

抱著吉娃娃的胸口剛才還很溫暖，可才過了幾秒而已，就彷彿揣了一塊冰。冷得讓她不由得打了個寒顫。她就著遙遠的燈光，朝懷裡望了一眼。就這一眼，看得她險些驚叫起來。

只見懷中吉娃娃的兩隻眼睛彷彿兩個綠幽幽的燈籠，悚人得很。在牠的注視下，馮小薇如同被掠食動物盯住，從骨子裡透出腿腳發軟的恐懼。

這絕對不是吉娃娃，老天，自己在午夜的街頭，究竟撿了什麼東西！

還沒等馮小薇後悔，懷中吉娃娃的身影突然變了，變得超出現代人的常識。她只感覺腦袋一痛，臉上逐漸擴散起一圈圈的麻木感。之後，便徹底失去了意識……

4

張芷雅家的社區附近發生了殺人案。死者叫馮小薇，是張芷雅的熟人，就住在隔壁棟。兇手應該是最近鬧得沸沸揚揚的連環殺人犯，因為死者的死法跟前面十多起案子很相似。受害人似乎被某種野獸襲擊，臉部有被啃食的痕跡。但是法醫鑑定後，得出的結論很驚悚。從牙印判斷，受害者的臉部是被人活生生咬下來的。

抽取社區附近的監視器記錄，能看到受害人在街頭，突然發現了什麼，然後蹲下，像是想摸什麼東西。可是監視器中什麼也沒看到。受害者撫摸著空氣，然後將那團看不到的東西抱起來，朝前走。

可等到進入監視器的死角後，她再也沒能出來，永遠躺在冰冷的水泥地上。殺人犯，正是在那個黑暗的位置將她殺害。

一時間社區裡的人都陷入恐慌。張芷雅被自己的老媽叮囑了一次又一次，要她最近少出門。女孩很鬱悶，也有些傷心。最近自己的熟人死了好幾個，都怪那個該死的連環殺人犯。他怎麼不走在路上被車撞死，站在陽臺上被雷劈死呢？這個禍害要死了，自己也就不會被變相禁足了。

她摸著懷裡的吉娃娃，而她的吉娃娃卻在用陰森的目光盯著遠處的黑貓。家中的小黑怕得快要崩潰了，牠跳到窗臺上叫個不停。

「老媽，小黑是不是沒有閹乾淨，最近又開始發春了。」張芷雅聽得心煩，張口喊道。

「你們全家都沒閹乾淨，老娘最近連牌都不敢出去打，煩死了。」老媽比她更心煩，這老女人嗜打麻將如命。晚上不太平，死了人，牌局都聚不攏。她自然很不爽。

張芷雅撇撇嘴，不敢再多話。

靜靜地過了一天，第二天一早，她跟老媽同時發現，一直都按時跑到餐桌邊上等飯吃的黑貓，突然不見了。

同一天晚上，紙亦聲陪著好友在街邊吃大排檔。好友在警局當差，幾杯下肚就不斷地唉聲嘆氣。

「怎麼了，壓力大？」紙亦聲隨口問。

「是啊，最近壓力太大，我都快要壯年謝頂了。」好友一口悶了一杯白酒。

「因為最近的連環殺人案？」紙亦聲陪了一杯。

「就是它。兇手老是抓不到，又沒有太多作案線索。現在來看應該是隨機犯罪，還不知道究竟會死多少人。」好友苦笑：「上邊每天都在催，這些坐辦公室的傢伙根本就沒把我們當人看。上下嘴皮一動，好像案子就能破了。切，哪有那麼簡單！」

紙亦聲對連環殺人事件也有所瞭解，心裡一動，突然道：「這案子據說有些詭異？」

「不是詭異，是太詭異了。我至今完全沒頭緒。現場找不到犯人的任何蹤跡，全城的監視器都沒有他的犯案紀錄。如果不是法醫鑒定，十幾個受害者身上的咬痕全是人類所為的話，自己早就去燒香拜佛了。」好友看了看四周，小聲道：「說不定這個案子，不是人類所為呢。大概要不了多久，便會歸入警局的懸案裡，沒人去管。」

「不是人類所為？你個法律執行者，堂堂科學光環照耀著的孩子，居然這麼迷信。」紙亦聲撇撇嘴。

「這世界有太多科學解釋不了的東西了。」好友乾笑兩聲：「這不是你的口頭禪嗎？」

紙亦聲撓了撓頭，「對了，前幾天不是死了一個叫周倩的女孩嗎？」

「對，是有一個。你問她幹嘛？」好友奇怪道。

「她跟我表妹據說是好友。不知為何，我對那件事老是有些在意。」紙亦聲皺了皺眉：「她死得很慘？」

「很慘，非常慘。半邊臉都被啃乾淨了。眼珠子也被掏空，只剩下黑洞洞的眼眶。」好友頓了頓：「法醫說，她應該是晚上九點半到十點左右死掉的。」

「妳說，那個周倩，是不是已經預料到自己要死了？」紙亦聲又問。

「應該不是。她受到的襲擊很突然，臉上的表情全是驚愕。」好友搖頭。

「那她最近有什麼出遊計畫或者工作上的變化嗎？」紙亦聲繼續問。

「完全沒有。」

紙亦聲不由得將眉頭皺得更緊：「那就怪了。一個正正常常的愛狗人士，工作沒變動，也沒打算出遠門。為什麼會突然打電話給我表妹，要把自己的愛犬送給她呢？而且，還是在受到襲擊的當晚！」

話音剛落，他突然全身打了個冷顫，一個恐怖的想法湧上了心頭。來不及跟好友打招呼，他整個人竄了出去。一邊拚命地跑，一邊掏出電話，撥了張芷雅的號碼。

「表哥，」電話那頭，一個清麗的聲音傳了過來，音調雀躍：「你居然主動給我打電話！」

聽到熟悉的話語，紙亦聲緊張的心稍微鬆了一點。他用急促的語氣問：「芷雅，周倩跟妳最後一次通話，是什麼時候？」

「就是她死的那天啊。」表妹不明所以。

「幾點？」

張芷雅偏著頭，調出通話記錄看了看：「晚上十點四十五。你問這個幹嘛？」

聽完這句話，紙亦聲倒吸了一口涼氣：「聽著，妳家裡現在有幾個人？」

「就我一個。老媽實在忍不住，跑到外邊去找牌局了。」

紙亦聲看了看時間，晚上十一點一刻，「聽我說，現在妳什麼都別管，衣服也不要換。儘量悄悄地出門，跑到人多的地方去待著，我馬上過去找妳。」

「怎麼了？」表妹十分迷惑。

「別問那麼多，聽我的話，乖。快一點！」紙亦聲非常焦急。

張芷雅嘟著嘴，居然鬧起了彆扭，「你不說清楚我就不走。表哥，你這人有時候最討厭了，喜歡說半截話，弄得人心癢癢的。」

「白痴，妳現在很可能有生命危險！」紙亦聲氣不打一處來，都火燒眉毛了，這小妮子還在使性子。自己怎麼攤上了這種笨蛋親戚？

「在家哪有生命危險？我門窗都好好地關著。」表妹完全不信。

紙亦聲咬牙切齒地道：「那聽好了。我問了朋友，周倩的死亡時間是九點到十點之間。她卻在十點四十五打電話給妳。妳仔細想清楚，已經死了接近一小時的人，怎麼可能打電話給妳？」

「啊！」張芷雅完全驚呆了，滿腦袋都陷入混亂。死人，居然打電話給自己。這是怎麼回事？

模糊中，自己表哥的聲音又傳了過來：「死人絕對不會打電話。能打電話的都是活人，又或者是某些活生生的東西。奇怪了，他為什麼要將那隻吉娃娃送給妳？」

還沒等話音落下，張芷雅突然感覺背脊一陣陣的發寒。冷汗從脖子處不斷往外冒，毛骨悚然的感覺不知不覺已經從腳踝爬上背脊。她想起抱回吉娃娃的當晚，自己的鄰居馮小薇居然在下班路上，距離社區不遠的地方被殺害了。自己家裡的黑貓，似乎怕那隻吉娃娃怕得要死。

可小黑，今天也失蹤了。這是前所未有的事！

吉娃娃，自己抱回家的吉娃娃，究竟在哪？

張芷雅猛地回頭，驚悚地發現剛才還在沙發上懶散地打哈欠的吉娃娃失去了蹤影。

女孩抹掉額頭的冷汗，默不作聲地脫掉涼拖鞋，光著腳小心翼翼地朝屋子的大門摸去。

一步又一步，小心又小心。正當她的手摸到冷冰冰的門把，就要扭開大門時。突然，一股掠食動物的視線緊緊地籠罩了她。

張芷雅的笑容難看得要死，她僵硬地扭過頭去。昏暗燈光下，房裡的許多家居擺設都看不清楚。可她卻清晰地看到了吉娃娃，原本乖巧可愛的吉娃娃正以奇怪到絕對不像是狗的姿勢站在她身後，兩隻綠油油的陰森眼睛一眨不眨地盯著她看。

她甚至能感覺到吉娃娃視線裡赤裸裸的陰森和殘忍。

這絕對不是狗的眼神，甚至不像任何張芷雅認識的生物！

這究竟是什麼東西？

張芷雅不斷命令自己冷靜，她忍住內心的恐懼，直視吉娃娃的眼睛。然後拚命扭動門把手，想要逃出去。

可就算用視線拚命捕捉吉娃娃，下一秒，她仍舊失去了那個東西的身影。張芷雅的心沉到了冰窖中，只感覺眼睛一花，整個人都失去了意識。

5

紙亦聲跑得飛快，幸好吃宵夜的地方離張芷雅住的地方不遠。表妹的手機剛才突然掛斷，然後再也沒人接聽。這讓他的心一緊，不祥的預感籠罩了全身。

不知道花了多長時間，或許是幾分鐘，或許是幾輩子。總之他連滾帶爬地跑入社區，坐上電梯時，臉色已經發青。

紙亦聲在身上摸索了一番，站在電梯監視器鏡頭的死角，這才將藏在隱蔽處的槍掏出來。他喜歡冒險，有冒險自然不乏危險。槍械這種人類最有效的殺器雖然在很多時候都派不上用場，可至少能壯膽。

電梯門發出「叮咚」一聲，朝著左右兩邊分開。紙亦聲頓時竄出去，雙手緊緊握著槍柄。表妹住在十七樓，兩梯四戶的格局。電梯正對面的屋門敞開著，張芷雅就倒在地板上，屋內的燈光照耀在她身上，不知死活。

他小心翼翼地靠過去，眼睛警戒地打量四周。附近並沒有襲擊者的身影，也找不出任何古怪的痕跡。可是看不見，並不代表沒危險。紙亦聲感覺自己握著槍的手不斷在流汗，他彷彿花了一千年才走到表妹身旁，略一思考後，蹲下。

張芷雅並沒有受傷，如花似玉的漂亮臉蛋光滑可人，也沒有被撕咬過的痕跡。但卻偏偏昏迷不醒。樓道間裡，天花板上LED燈的光芒蒼白無力，周圍總是充斥著一股若有若無的壓抑感。

紙亦聲自從走出電梯後就感到一陣陣的毛骨悚然。他後背上凝聚著一股視線，一股不知道哪裡傳來的視線。彷彿掠食動物，紙亦聲覺得自己在那股視線下，變成了任人宰割的食物鏈底層生物。

就在這時，臉側莫名其妙的感覺到一股風吹過。這令他驚然站起。樓道裡的窗戶密閉著，哪裡來的風？他的眼珠子不斷地轉動，突然，注意到了自己的腳底。

腳下踩著一團黑漆漆的影子，黑的就連光線都難以逃脫。那團黑影有著絕非人類的形象，這絕對不是自己的影子。

紙亦聲以極快的速度一把抱起張芷雅朝右側撲過去。說時遲那時快，風壓猛地吹了過來，只聽「啪啦」一聲，牆上的灰不斷往下冒，一個爪狀的痕跡唐突地鑲嵌在了牆壁裡，就連內牆的磚都露了出來。

他冒著冷汗，咬牙扛著表妹柔軟的身體就往樓梯間逃。電梯太狹窄，如果那未知的東西跟了過來，就連逃命的空間都沒有。

紙亦聲一邊往樓下跑，一邊將槍口對準入口的位置。可是一直等他跑出單元門，那東西也沒跟過來。他頭也沒回，一直逃到了大排檔附近。看到熙熙攘攘吃著宵夜的人群，冰冷的心這才恢復一點溫度，死裡逃生的餘悸油然而生。

不知不覺間，他發現自己早已全身都出了一層冷汗。

打了個電話給大姨，告訴她張芷雅會在自己家裡住幾天。這個無良中年婦女正打牌打得高興，考慮都不考慮就答應了。

紙亦聲嘆了口氣，將表妹放到自己的床上。洗了個澡後，強自壓下至今還縈繞心頭的凌亂情緒，躺在沙發上發呆。

這究竟是怎麼回事？襲擊張芷雅的到底是什麼東西？還有，他看到的那團猶如墨水一般漆黑的黑影，又是什麼鬼東西？

一個又一個的疑惑塞得他非常不舒服。紙亦聲乾脆打開電腦，將最近收集到的連環殺人事件的前因後果全都梳理了一遍。相同的案子一共有十三起，第一起發生在一個半月之前。死者是兩個獨居的七十歲老人。之後的十二起，每一個要不是家裡人全死光，要嘛就是受害者獨身一人時遭到襲擊。算起來，死者已經超過了二十六人。而且通通都發生在春城範圍，死者之間，根本就沒有任何關聯。

隱藏在黑暗中的兇手也沒有殺人的規律。但是看過今晚的襲擊後，紙亦聲已經非常清楚，自己面對的絕對不是人類！

兇手不是人類，那麼，又到底是什麼？這個世界很大，大的超出了人類的想像。隱藏在人眼視線外的東西，肯定存在。至少紙亦聲的經歷中，就遇到過許多次。不過這一次，卻讓他頭大得很。

既然兇手已經排除了人類的可能，那麼就一定有規律或者某種自己還不知道的觸發點。究竟死者之間有著什麼關聯呢？一個半月前，到底發生過什麼？

紙亦聲抓著頭髮，依舊找不出個所以然來。一般連環殺手殺人失敗後，就會去找下一個目標。可這個東西肯定不同，它想要殺的人，就會執著地殺掉。如果不解決掉它，張芷雅肯定還會有生命危險。

他在網上查了許多資料，又透過自己的資訊管道問了很多熟人，可是完全沒有頭緒。

凌晨三點半，張芷雅才幽幽清醒。她在床上恐懼地尖叫了一陣子，看到紙亦聲後，拚命地將小腦袋朝他的懷裡鑽，明顯是嚇壞了。

紙亦聲輕輕拍著她的背，半晌，她才平靜下來。

「我沒死？」女孩拍著高聳的胸部，使勁兒地深呼吸：「表哥，是你救了我？」

「嗯，算是吧。」他皺著眉頭：「芷雅，妳看清楚襲擊妳的東西是什麼嗎？」

「是我從周倩家裡抱回來的吉娃娃！」張芷雅一陣餘悸：「它絕對不是吉娃娃，太可怕了。我完全沒辦法描述它究竟長什麼樣子。」

「吉娃娃的模樣，可能只是它的擬態。這個世界許多生物都有擬態。」紙亦聲很鎮定。

張芷雅捂住嘴，「太可怕了，我以為自己真的會死。」

「妳現在還沒脫離危險。那東西隨時都會找上妳！」紙亦聲說出了自己的猜測。

「可我又沒幹壞事，為什麼它要殺我？」張芷雅迷惑道。

「我也不知道。」他苦笑：「仔細回憶一下，說不定會想起什麼線索。」

「我真的什麼都不知道！」女孩滿臉無辜，她側著頭，視線突然接觸到了紙亦聲的筆記電腦。然後發出「咦」的一聲。

電腦螢幕上還留著最近一個半月死亡的受害者的照片。張芷雅越看越覺得眼熟，猛地像是想起了什麼，驚然道：「表哥，表哥。那上邊的人，我好像都見過。」

「什麼！」紙亦聲頓時站了起來：「妳在哪裡見過？」

「一個半月前，我報了一個旅遊團去附近的景點玩。當時周倩和馮小薇也在。你電腦裡的人，都是跟我同個旅遊團的！」張芷雅眨巴著眼。

「妳沒看錯？」紙亦聲激動道。

「應該沒有，我這人雖然經常犯迷糊，但記憶力還是值得自豪的。」女孩挺了挺胸脯。

「這就對了，這就有關聯了。」紙亦聲在房間裡走來走去，腦袋超負荷運轉起來。那個東西瞄準了同個旅行團的人作為獵殺對象。可為什麼？他們在旅行途中做了什麼不該做的事情嗎？

「你們當時有發生什麼古怪的事情嗎？」他問。

張芷雅思索半晌，沒回憶起實質性的東西。她摸著頭髮，斷斷續續地講述著：「奇怪的事倒是沒發生過。不過中途我們在山裡跟導遊走散了，總共二十八個人，不知不覺地就走出了景區道路。然後到了一個冒著冷氣的山洞，當時大家好奇地鑽進去看了看。等要原路返回時，怎麼也找不到出山洞的路。被困了一天一夜後，入口又莫名其妙地出現在眼前。等出去後，剛好碰到焦急的導遊領著景區工作人員到處找我們。」

一個進去了走不出去的山洞？紙亦聲站在了窗口，眼神反射著撲朔迷離的光彩，不知道在想些什麼。

「這件事交給我，妳放心在我家裡小住幾天。」最終，他什麼也沒說，只是找了一床被子睡到了沙發上。

第二天，紙亦聲到旅行社查當時的旅客名單，又找來當時的導遊。這導遊大約四十歲，對一個半月前的事情仍然記憶猶新。把走散的旅客勾出來，紙亦聲瞇著眼睛，冷笑起來。

走散的人一共二十八個，現在已經死了二十六個人。還剩張芷雅和最後一個男性遊客活著。這個男子叫做陶磊，三十二歲，就住在春城的東郊。如果沒猜錯的話，或許就是這傢伙從洞穴裡偷了什麼東西，導致了大家的死亡。

又或者，這個陶磊，已經不是人類了！

總之找到他，應該就能找到兇殺事件的源頭。

尾聲

紙亦聲根據保險單上填寫的位址找過去，敲了許久的門也沒人回應。

他左右看了看，偷偷摸摸地掏出萬能鑰匙將門鎖弄開。剛扯開門，就有股腐爛的味道撲面而來。令紙亦聲大失所望的是，陶磊居然已經死的不能再死了。他的屍體腐爛，長滿了蛆蟲，窗外吹來的風令他的屍體不斷的晃動。

他是自殺的，用皮帶將自己吊死在吊燈上。陶磊的腳邊還留著他的遺書，大略的意思是自從旅行回來，自己就不斷受幻聽的折磨。無論睜開眼還是閉著眼，耳朵裡總是能聽到一波又一波噪音。不論看多少醫生，吃多少藥也沒辦法遮蔽掉從腦海裡發出的怪聲。

最終受不了，絕望地自殺了。

紙亦聲默然許久，苦笑了一陣子，這才開始在陶磊的房間裡到處翻找奇怪的東西。足足花了一下午，他才找到一個有著複雜花紋的卵狀物。摸起來很冰冷，材質似乎是玉石，可用它正對日光，卻能隱隱看到一些東西在內部流動。

這，應該就是陶磊從那個神秘山洞偷出來的東西。

剩下的事情就好辦許多。紙亦聲帶著張芷雅去了一趟她去過的那個景點，可是無論如何都找不到走岔路的地方。紙亦聲最終只能將石卵放在大概位置，一夜過去，石卵不翼而飛。他頓時安心許多。

那東西將石卵拿回去，應該不會再殺人了吧。

表妹蹦蹦跳跳地回家了，紙亦聲卻依舊有許多地方迷惑不解。他去送仙橋找自己的老朋友神棍卜運算元喝酒。講到這怪事時，依然不斷地搖頭。

那個石卵究竟是什麼？殺死那些遊客的玩意兒，是怪物，還是其他更可怕的東西。紙亦聲一無所知。可是他卻隱隱有個猜測，《山海經》裡曾經提及過一種怪物，它其狀如牛，蝟毛，音如獆狗。但是別的志怪資料中又記載，這種生物擅長變化，最喜歡變為狗狀。愛吃人，尤其是吃人臉上的肉。懷孕千年，又經千年會產下一石卵。

那種怪物叫窮奇。

大千世界無奇不有。或許，世上真的有窮奇也說不定。表妹張芷雅一行人誤入了它的洞穴，陶磊偷走了它的卵。於是它從深山中出來報復。

當然，這也僅僅只是猜測而已。真相，永遠隱藏在人類難以觸摸的地方，誰知道呢！

The End

作者　夜不語
封面繪圖　Kanariya
總編輯　莊宜勳
責任編輯　黃郁潔
美術設計　三石設計

出版者　春天出版國際文化有限公司
地址　台北市信義區信義路四段458號3樓
電話　02-7718-0898
傳真　02-7718-2388
E-mail　story@bookspring.com.tw
網址　http://www.bookspring.com.tw
部落格　http://blog.pixnet.net/bookspring
郵政帳號　19705538
戶名　春天出版國際文化有限公司
法律顧問　蕭顯忠律師事務所
出版日期　二〇二〇年五月初版
定價　170元

總經銷　楨德圖書事業有限公司
地址　新北市新店區寶興路45巷6弄6號5樓
電話　02-8919-3186
傳真　02-8914-5524

夜不語作品 33

夜不語詭秘檔案112：金娃娃

國家圖書館出版品預行編目資料

夜不語詭秘檔案112：金娃娃／夜不語 著.
一 初版. 一 臺北市：春天出版國際，2020.05
面；　公分. 一（夜不語作品；33）
ISBN 978-957-741-252-2（平裝）
857.7　108022598

ISBN 978-957-741-252-2
Printed in Taiwan